OTÁVIO MAIA

LIVRO VERMELHO PARA CRIANÇAS:

FAUNA AMEAÇADA DE EXTINÇÃO

ILUSTRAÇÕES

BIRY SARKIS

Grafia atualizada segundo o Acordo Ortográfico da Língua Portuguesa de 1990, que entrou em vigor no Brasil em 2009.

Os textos e as ilustrações deste livro foram elaborados a partir da consulta a cerca de, aproximadamente, quatrocentas referências bibliográficas, entre as quais o site da IUCN Red List of Threatened Species, o banco de imagens Arkive, livros, artigos científicos, textos de divulgação científica, reportagens, dicionários, mapas e sites de organizações não governamentais que atuam em pesquisa e conservação da fauna e planos de ação. Em 2010, o autor coordenou o grupo de trabalho responsável pela elaboração de regulamento sobre a definição das categorias e critérios a serem adotados na elaboração das listas oficiais federais de espécies ameaçadas de extinção.

Preparação
BONIE SANTOS

Revisão
RENATA LOPES DEL NERO
NINA RIZZO
JAQUELINE MARTINHO DOS SANTOS
LUCIANA BARALDI

Revisão técnica
GABRIELA HIRATA

Projeto gráfico
BICHO COLETIVO

Tratamento de imagem
AMÉRICO FREIRIA

Dados Internacionais de Catalogação na Publicação (CIP)
(Câmara Brasileira do Livro, SP, Brasil)

Maia, Otávio.
Livro vermelho para crianças : fauna ameaçada de extinção / Otávio Maia ; ilustração Biry Sarkis. — 1ª ed. — São Paulo : Companhia das Letrinhas, 2021.

ISBN 978-85-7406-962-3

1. Fauna — Literatura infantojuvenil 2. Literatura infantojuvenil I. Sarkis, Biry. II. Título.

21-72693 CDD-028.5

Índices para catálogo sistemático:
1. Fauna : Literatura infantojuvenil 028.5

Aline Graziele Benitez — Bibliotecária — CRB-1/3129

2021

EDITORA SCHWARCZ S.A.
Rua Bandeira Paulista, 702, cj. 32
04532-002 — São Paulo — SP — Brasil
(11) 3707-3500
www.companhiadasletrinhas.com.br
www.blogdaletrinhas.com.br
/companhiadasletrinhas
companhiadasletrinhas
/CanalLetrinhaZ

A marca FSC® é a garantia de que a madeira utilizada na fabricação do papel deste livro provém de florestas que foram gerenciadas de maneira ambientalmente correta, socialmente justa e economicamente viável, além de outras fontes de origem controlada.

Esta obra foi composta em Roboto Slab e impressa pela Lis Gráfica em ofsete sobre papel Alta Alvura da Suzano S.A. para a Editora Schwarcz em agosto de 2021

SUMÁRIO

INTRODUÇÃO

ANIMAIS EM PERIGO

O MUNDO ANIMAL E A CONSERVAÇÃO

Você sabe o que é um livro vermelho? E uma lista de espécies ameaçadas de extinção? Por que essa lista é importante? Como ela é feita? Quais são as ameaças que põem em risco à sobrevivência dos animais na natureza? E o que pode ser feito para salvá-los da extinção?

Uma espécie ameaçada de extinção pode ser um animal, uma planta, um fungo ou até mesmo um microrganismo que corre grande risco de desaparecer da natureza em futuro próximo se nada for feito pela sua proteção. Para saber se uma espécie está ameaçada, é preciso fazer uma avaliação baseada em pesquisas para conhecer o ciclo de vida da espécie, o tamanho da sua população — ou das populações que existem isoladas em várias regiões — e as atividades humanas que podem prejudicar a sobrevivência dela.

Neste livro, as respostas para essas e outras questões sobre a conservação da fauna são apresentadas com base em informações científicas produzidas por centenas de zoólogos e outros profissionais que estudam a preservação na natureza. Essas informações estão organizadas de um jeito fácil de entender. Há também curiosidades zoológicas e históricas sobre espécies criticamente em perigo: aquelas que correm risco extremamente alto de extinção, que já estão extintas na natureza, ou que são encontradas apenas em cativeiro — ou extintas, das diversas regiões zoogeográficas do planeta.

Ao adentrar no mundo animal e na avaliação do risco de extinção das espécies, o leitor poderá refletir sobre o valor intrínseco da natureza e da conexão entre os seres humanos e o ambiente; e também sobre desenvolvimento sustentável, crescimento econômico e consumismo fundado na utilização dos recursos naturais finitos. Será que podemos prosperar para que todos tenham qualidade de vida, preservando a natureza e respeitando seus limites para nos abastecer apenas com o que for necessário para a nossa própria sobrevivência?

A LISTA VERMELHA

A União Internacional para a Conservação da Natureza, mais conhecida pela sigla IUCN (do inglês, International Union for Conservation of Nature), é uma organização não governamental fundada em 1948, que reúne cerca de 16 mil colaboradores de vários países —, como biólogos da conservação, zoólogos, botânicos, veterinários, organizações sociais e comunidades locais. Essa organização criou o método usado para avaliar o risco que as espécies correm de desaparecer da natureza e para fazer a lista de espécies ameaçadas de extinção, também chamada de "lista vermelha". Esse método é importante para que as avaliações de risco de extinção sejam feitas sempre da mesma forma, em qualquer parte do mundo, a partir do mesmo conjunto de informações.

A lista — que pode ser de espécies de um município, estado, país ou de uma grande região do planeta — orienta governantes na definição de políticas públicas para a proteção da natureza. As espécies que constam em uma lista vermelha geralmente são acolhidas por leis específicas e acordos internacionais. A caça, a coleta ou a comercialização dessas espécies são consideradas crimes graves, que recebem as maiores penas e multas.

1964

Nasce a IUCN Red List, que reúne a Lista Preliminar de Mamíferos Raros, com 204 espécies; e a Lista de Aves Raras, com 312 espécies.

A IUCN publicou a primeira lista vermelha mundial das espécies ameaçadas de extinção — The IUCN Red List of Threatened Species —, na qual constam vertebrados, invertebrados, plantas e fungos do mundo todo. A cada nova lista publicada, o número de espécies é maior, tanto por conta das ameaças à sobrevivência delas quanto da realização de novas pesquisas científicas. As espécies que não haviam sido estudadas ou sobre as quais havia pouca informação entram, e outras saem ou mudam de categoria de ameaça por causa do aumento do conhecimento e do sucesso das ações de proteção. O aperfeiçoamento do método da IUCN e a aplicação cada vez mais cuidadosa dos critérios de avaliação do risco de extinção também fazem com que as espécies entrem em listas, saiam delas ou mudem de categoria a cada revisão.

IUCN RED LIST 2021

A Lista Vermelha da IUCN, atualizada em 2021, traz mais de 15 mil espécies:

5 500 invertebrados

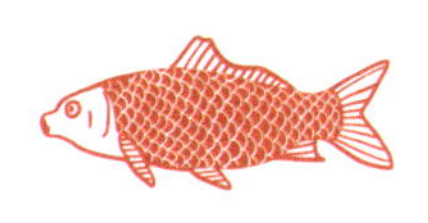
3 200 peixes

2 400 anfíbios

1 400 répteis

1 400 aves

1 300 mamíferos

Para avaliar o risco de extinção, a IUCN utiliza um conjunto de informações e critérios, como o tamanho da população da espécie avaliada; se ela está dividida em pequenos grupos isolados uns dos outros; o quanto essa população diminuiu de tamanho nos últimos anos; o tamanho da área onde ela vive e o número de indivíduos com idade para se reproduzir. Quanto menor a população, quanto mais fragmentada ela estiver, quanto maior for a redução de tamanho nos últimos anos ou quanto menor for o **hábitat** disponível para ela, maior é o risco de extinção. Como resultado da avaliação, cada espécie é incluída em uma das seguintes categorias:

CATEGORIAS DE RISCO DE EXTINÇÃO

Do inglês
EXTINCT

Extinta: o último indivíduo conhecido morreu e investigações no hábitat, abrangendo toda a área de ocorrência natural da espécie, não deixam qualquer dúvida sobre a inexistência de outros indivíduos.

Do inglês
EXTINCT IN THE WILD

EW

Extinta na natureza: a espécie existe somente em cativeiro (zoológicos ou criadouros) ou foi introduzida na natureza fora da área de ocorrência natural.

Do inglês
CRITICALLY ENDANGERED

Criticamente em perigo: corre risco extremamente alto de extinção na natureza.

Do inglês
ENDANGERED

Em perigo: corre risco muito alto de extinção na natureza.

Do inglês
VULNERABLE

Vulnerável: corre o risco alto de extinção na natureza.

Do inglês
NEAR THREATENED

Quase ameaçada: está perto de ser incluída, no futuro próximo, em uma das categorias de espécie ameaçada de extinção.

Do inglês
LEAST CONCERN

Menos preocupante: espécie que ocupa área extensa, com grande número de indivíduos na população; espécie rara ou que vive em área pequena —, desde que não sofra ameaça que a exponha ao risco de extinção.

OUTRAS CLASSIFICAÇÕES:

Do inglês
DATA DEFICIENT

Dados insuficientes: quando não existem informações suficientes sobre a espécie para fazer a avaliação do risco de extinção. DD, portanto, não é uma categoria de ameaça, mas a categoria das espécies para as quais mais investigações precisam ser feitas para que seja possível uma futura avaliação.

Do inglês
NOT EVALUATED

Não avaliada: essa designação é usada para as espécies que não passaram pela avaliação do risco de extinção.

A PRIMEIRA LISTA VERMELHA DO BRASIL

A primeira lista brasileira foi publicada em 1968 e continha 44 espécies. A segunda, de 1973, tinha 86. A terceira, publicada em 1989, 206 espécies, das quais sete eram consideradas já extintas na natureza. A quarta, de 2004, listava 627 espécies: 69 mamíferos, 160 aves, 20 répteis, 16 anfíbios, 154 peixes, 130 invertebrados terrestres e 78 invertebrados aquáticos. Em 2014, uma nova *Lista Nacional Oficial de Espécies da Fauna Ameaçadas de Extinção* foi publicada, resultado do esforço de quase mil especialistas que, durante cinco anos, pesquisaram na natureza e na literatura científica informações sobre 12 256 espécies da fauna silvestre brasileira. Dessas, 1 173 são classificadas como ameaçadas de extinção: 110 mamíferos, 234 aves, 80 répteis, 41 anfíbios, 409 peixes, 233 invertebrados terrestres e 66 invertebrados aquáticos.

LIVRO VERMELHO

Uma lista vermelha pode virar um livro vermelho, que reúne informações científicas das espécies ameaçadas de extinção. No caso da fauna, o livro traz o nome comum e científico de cada espécie, o local onde vive ou a região pela qual está distribuída, o tamanho da população, o motivo pelo qual a espécie tem sua sobrevivência ameaçada, a categoria de ameaça, ações que podem ser feitas para reduzir o risco de extinção e para a espécie sair da lista vermelha, nomes dos pesquisadores que estudam essas espécies, bem como de instituições que se dedicam a protegê-la. O objetivo do livro é alertar e informar a sociedade sobre as espécies que correm risco de desaparecer da natureza. Por isso o livro tem a capa na cor vermelha.

1969

A IUCN publica o primeiro livro vermelho: *The Red Book: Wildlife in Danger* [*Livro vermelho: vida selvagem em perigo*].

AMEAÇAS DE EXTINÇÃO ÀS ESPÉCIES DA FAUNA

A maioria das ameaças à sobrevivência dos animais selvagens é consequência do crescimento da população humana e do impacto negativo das suas atividades sobre a natureza. Quanto mais gente, maior a necessidade de água, alimento e moradia; e os ambientes naturais são substituídos por áreas de exploração.

As principais ameaças estão listadas na página seguinte.

PRINCIPAIS CAUSAS DE EXTINÇÃO DAS ESPÉCIES

Destruição das paisagens naturais;

Conflitos pela proximidade entre os animais selvagens e os rebanhos domésticos e as plantações;

Tráfico de animais selvagens e comércio ilegal de partes dos animais;

Exploração de combustíveis fósseis;

Guerras, conflitos religiosos ou étnicos;

Competição com **espécie exótica**;

Atropelamento em rodovias;

Caça e pesca ilegais;

Sobre-explotação pesqueira;

Poluição;

Doenças;

Crise do clima.

#DESMATAMENTOZERO

Os animais têm seu hábitat destruído pelo **desmatamento** e pelas queimadas para produção de carvão vegetal, extração de matérias-primas, construção de rodovias, instalação de hidrelétricas, expansão das cidades, plantações de eucalipto para produção de celulose, pastagens para rebanhos, cultivo de alimentos tanto para a população humana quanto para os animais domésticos criados para fornecer carne, leite e lã.

PLANO DE AÇÃO

O plano de ação é um documento que reúne um conjunto de estratégias ou ações que devem ser realizadas em determinado período para proteger a espécie e seu hábitat, para que ela deixe de ser considerada ameaçada de extinção e saia da lista vermelha. O plano, que é elaborado com a participação de pesquisadores e organizações, pode ser feito para uma única espécie (por exemplo, Plano de Ação Nacional para Conservação da Ararinha-Azul) ou para um conjunto de espécies que ocorrem em uma mesma região, ecossistema ou bacia hidrográfica (por exemplo, Plano de Ação Nacional para Conservação de Espécies Ameaçadas da Fauna Aquática do Rio São Francisco). Muitas vezes, uma ação de proteção para uma espécie acaba beneficiando outras.

Dentre as ações realizadas para proteger as espécies ameaçadas de extinção, estão: criação de áreas protegidas, reflorestamento, monitoramento e vigilância dos animais na natureza, reprodução em cativeiro e **reintrodução** na natureza, ordenamento da pesca e fiscalização — definição de períodos de defeso, quando os animais não podem ser capturados —, tratados e convenções internacionais, realização de pesquisas científicas sobre o ciclo de vida dos animais, educação ambiental e promoção de atividades que gerem renda e contribuam com a proteção das espécies nos municípios nos quais elas ocorrem. Pessoas e empresas podem doar dinheiro para organizações e projetos de conservação. Voluntários e entusiastas, mesmo sem formação especializada, também podem colaborar em projetos científicos, coletando dados e observando os animais em seu hábitat sob a orientação de pesquisadores —, é a chamada ciência cidadã.

IUCN GREEN STATUS

O Status Verde das Espécies é um tipo de régua que mede o quanto as ações de proteção foram eficientes para salvar uma espécie da extinção. Como numa competição, os esforços para evitar que uma espécie desapareça da natureza recebem pontos. Quanto mais pontos, mais eficiente o legado de conservação da espécie, ou seja, as ações de proteção deram certo. Quanto menos pontos, maior a dependência de ações de proteção realizadas para que a espécie volte a ocupar hábitats dentro dos limites da sua **distribuição geográfica** original. Entre 1993 e 2020, pelo menos 21 espécies de aves — dentre elas a ararinha-azul — e 7 de mamíferos escaparam da extinção como resultado de ações de proteção.

ANIMAIS EM PERIGO

COMO VER E LER A SEÇÃO ANIMAIS EM PERIGO

Nome científico: usado pelos zoólogos de todo o mundo para identificar a espécie. É definido de acordo com as regras do Código Internacional de Nomenclatura Zoológica.

Classificação zoológica

Distribuição geográfica

Dados biológicos

Comparação aproximada de tamanho entre uma criança e um espécime adulto.

PATO-MERGULHÃO

Mergus octosetaceus

Classe:
Aves

Ordem:
Anseriformes

Onde ocorre:
Brasil

DADOS BIOLÓGICOS

- *Número de ovos por postura:* 7 a 8
- *Incubação:* 32 a 34 dias
- *Peso:* 650 a 950 g
- *Comprimento:* 50 a 60 cm
- *Envergadura:* 40 a 50 cm

O pato-mergulhão é uma das poucas aves que vivem em rios de regiões montanhosas do cerrado. Seu bico fino e serrilhado é usado para capturar insetos e caracóis, e para pescar pequenos peixes durante mergulhos — que podem durar até 30 s — em águas limpas e transparentes, em corredeiras e **remansos**. O penacho na nuca é uma característica da espécie.

Existem menos de 300 patos-mergulhões na natureza. É uma das aves aquáticas mais ameaçadas do mundo. Foi considerado extinto entre 1940 e 1950, mas atualmente pode ser encontrado em parques nacionais na serra da Canastra, em Minas Gerais; na chapada dos Veadeiros, em Goiás; e no Jalapão, no Tocantins. O pato-mergulhão foi incluído na primeira lista de espécies da fauna ameaçada de extinção publicada no Brasil, em 1968. Em 2002, um pequeno grupo foi reavistado em Misiones, na Argentina.

O casal monogâmico — que permanece fiel por muitos anos — faz o ninho em ocos de árvores, fendas em rochas ou buracos em barrancos, na beira do rio, onde a fêmea choca os ovos. A maioria dos filhotes nasce entre julho e agosto. Abandonam o ninho no dia seguinte ao nascimento, quando arriscam os primeiros mergulhos sob a proteção dos pais.

36

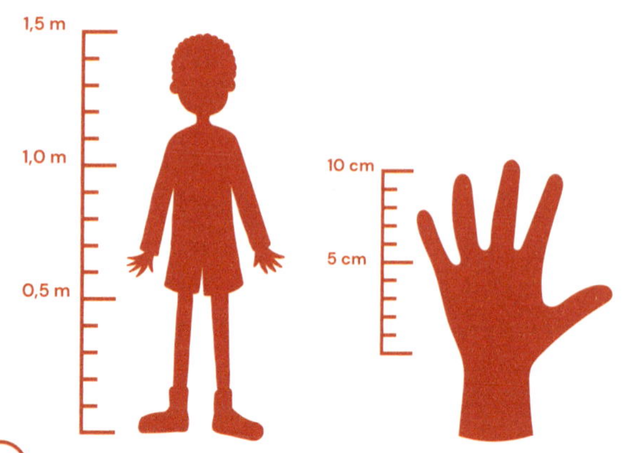

Nas páginas seguintes, há informações científicas sobre espécies da fauna de diversas regiões do planeta que despertaram a atenção dos zoólogos e biólogos da conservação para o risco de extinção, além de curiosidades zoológicas e históricas.

Nome comum:
pode variar entre diferentes regiões e países.

Categoria de risco de extinção

Medidas:

MAMÍFEROS:

- **A** = Comprimento do corpo ou longitudinal (da ponta do focinho à ponta da cauda)
- **B** = Comprimento da cauda
- **C** = Altura na cernelha (região localizada entre os ossos do ombro e a base do pescoço)

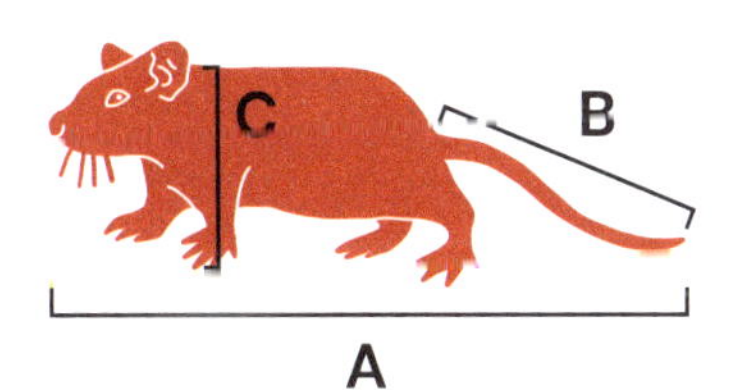

- **D** = Envergadura

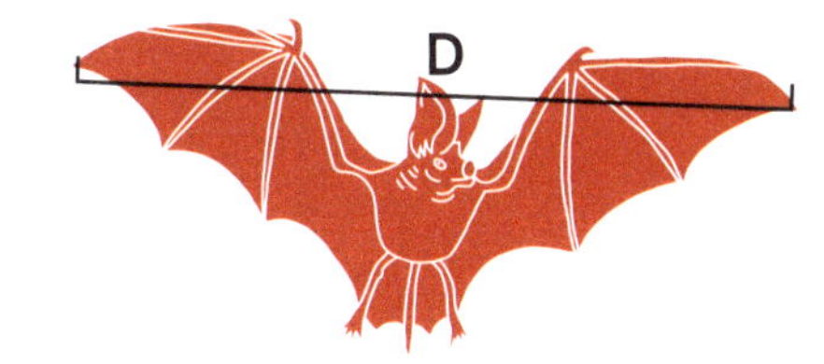

Informações científicas, curiosidades zoológicas e históricas, organizadas em três textos independentes, que podem ser lidos em qualquer ordem.

MAPA DE DISTRIBUIÇÃO GEOGRÁFICA

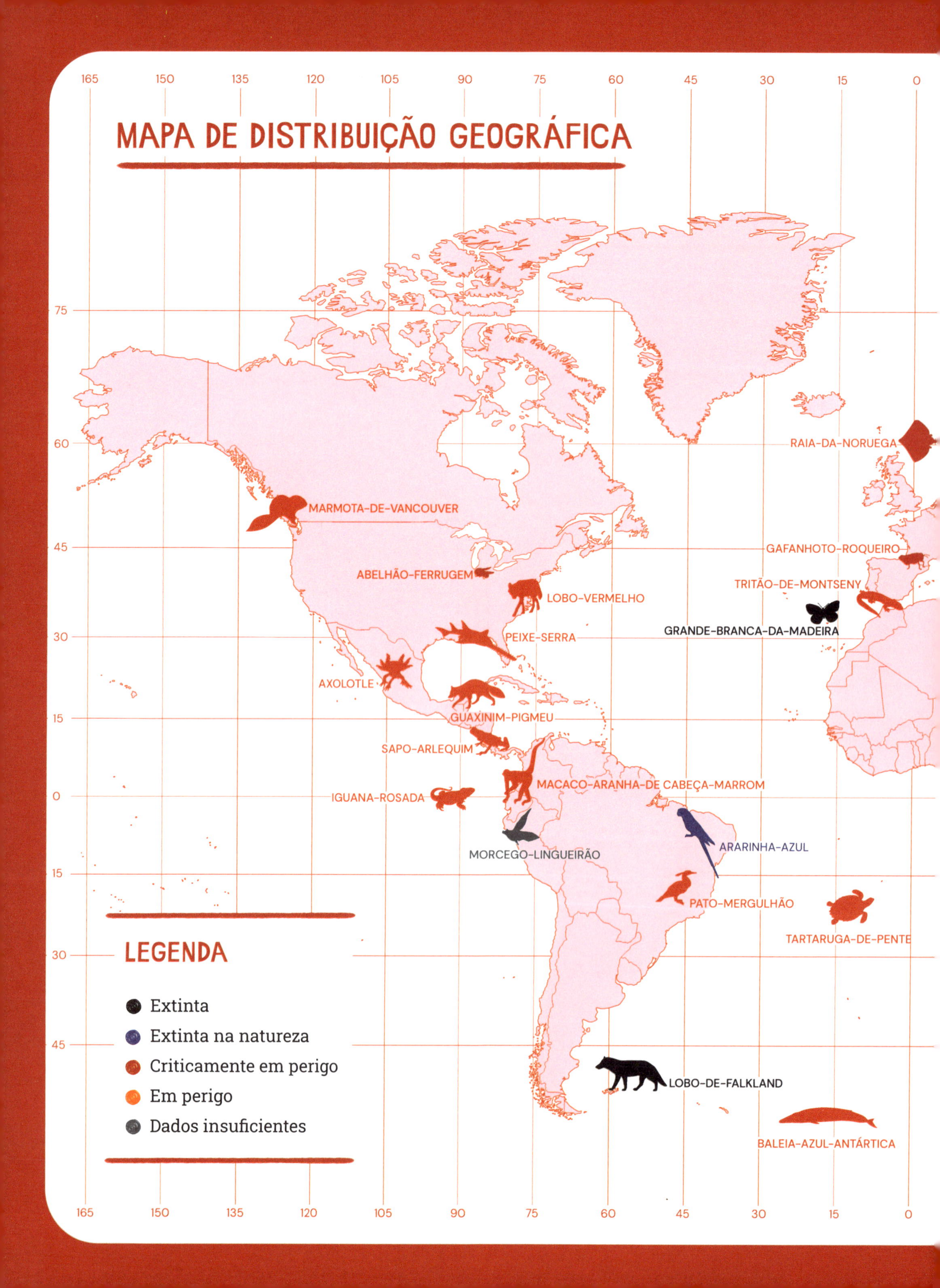

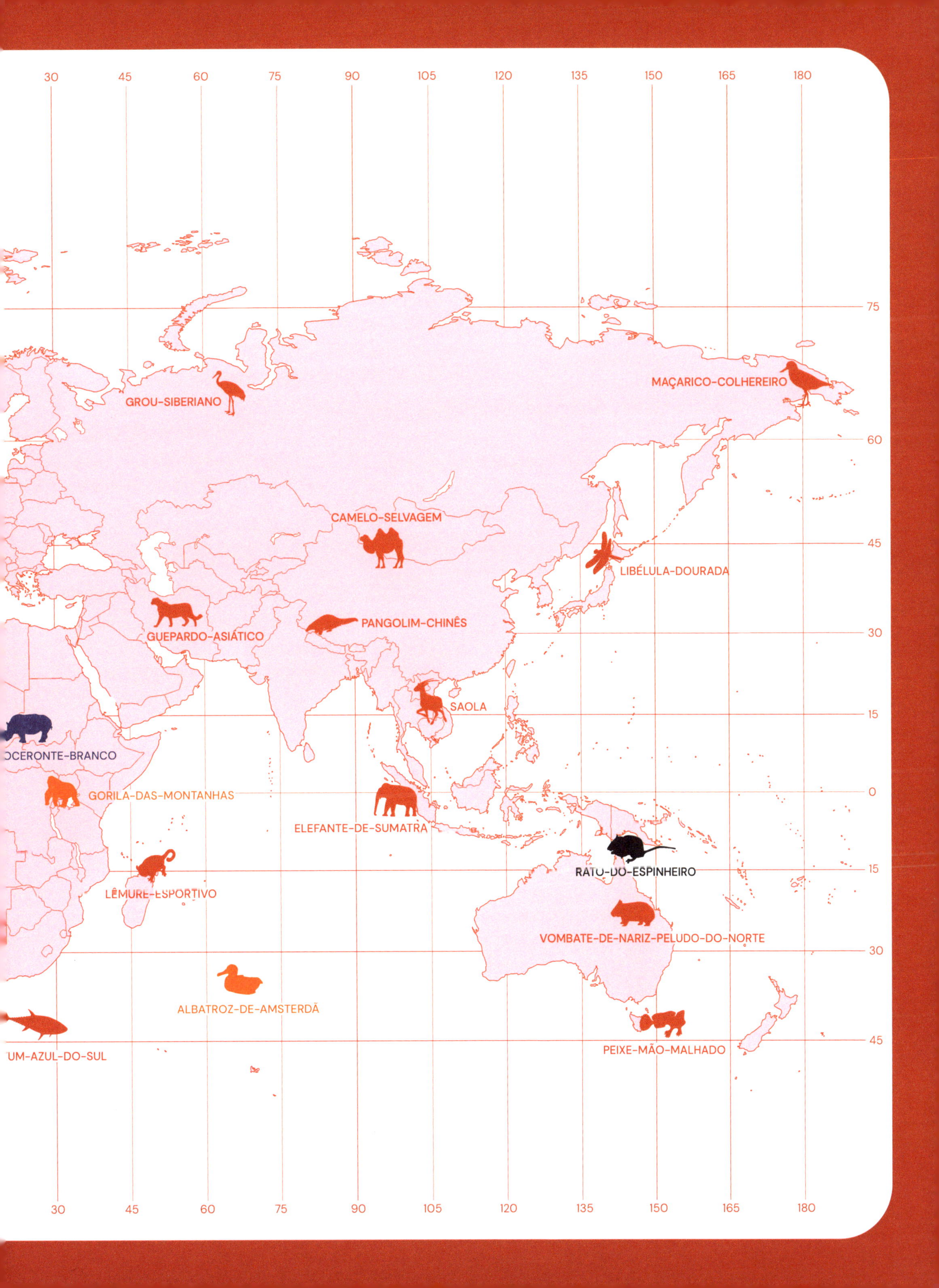
30
45
60
75
90
105
120
135
150
165
180
75
60
45
30
15
0
15
30
45
GROU-SIBERIANO
MAÇARICO-COLHEREIRO
CAMELO-SELVAGEM
LIBÉLULA-DOURADA
GUEPARDO-ASIÁTICO
PANGOLIM-CHINÊS
SAOLA
OCERONTE-BRANCO
GORILA-DAS-MONTANHAS
ELEFANTE-DE-SUMATRA
RATO-DO-ESPINHEIRO
LÊMURE-ESPORTIVO
VOMBATE-DE-NARIZ-PELUDO-DO-NORTE
ALBATROZ-DE-AMSTERDÃ
UM-AZUL-DO-SUL
PEIXE-MÃO-MALHADO

MARMOTA-DE-VANCOUVER

Marmota vancouverensis

Classe:
Mammalia

Ordem:
Rodentia

Onde ocorre:
Canadá

DADOS BIOLÓGICOS

- *Gestação:*
  30 a 35 dias
- *Filhotes por gestação:*
  1 a 7
- *Peso:*
  3 a 8 kg
- *Comprimento:*
  58 a 75 cm

Esse roedor é **endêmico** da ilha de Vancouver, na Colúmbia Britânica. Vive em pequenas famílias, em áreas rochosas, campos e encostas íngremes nas partes mais altas das montanhas, nas regiões central e sul da ilha. Algumas marmotas vivem nas florestas de pinheiros ou descem até os vales. Durante a primavera e o verão, alimentam-se de ervas, flores, frutos e tubérculos. Escavam suas tocas ao lado de rochas e tocos, dentro das quais nascem os filhotes. Hibernam durante o outono e o inverno, dentro das tocas, quando perdem até um terço do peso.

Existem cerca de 300 marmotas-de-vancouver na natureza, ameaçadas pela exploração madeireira e pelo aquecimento global. A destruição do hábitat também tem feito com que as marmotas sejam mais caçadas por predadores, como lobos, ursos, glutões, martas e aves de rapina. Desde 1997, algumas marmotas vêm sendo criadas nos zoos de Calgary e Toronto. Cerca de 500, nascidas em cativeiro, já foram reintroduzidas na natureza, mas muitas não sobreviveram.

Em zoologia, os animais são agrupados de acordo com características próprias e marcantes. Os roedores fazem parte da ordem Rodentia, um dos grupos zoológicos mais diversificados, com mais de 2 mil espécies: do camundongo-espigueiro — com aproximadamente 5 g de peso e uma longa cauda preênsil, adaptada para segurar em galhos e ramos — à capivara — com cerca de 50 kg e uma cauda curtinha. São encontrados em todas as regiões do planeta, exceto na Antártica e em algumas ilhas, e correspondem a cerca de 40% dos mamíferos **placentários** conhecidos.

CR

ABELHÃO-FERRUGEM

Bombus affinis

Classe:
Insecta

Ordem:
Hymenoptera

Onde ocorre:
Canadá
Estados Unidos da América

DADOS BIOLÓGICOS

- *Número de operárias por colmeia:*
  50 a 400
- *Comprimento da rainha:*
  20 a 22 mm
- *Comprimento da operária:*
  11 a 16 mm
- *Comprimento do zangão:*
  13 a 18 mm

O abelhão-ferrugem vive em colmeias formadas por uma rainha, larvas — das quais surgem novas rainhas —, operárias e zangões e que são construídas próximas ou no interior de bosques e florestas, em tocas de roedores abandonadas, no subsolo, em antigos ninhos de pássaros, em pilhas de pedras ou nas cavidades de árvores mortas. Essas colmeias ficam ativas de abril a setembro, desfazendo-se com a chegada do inverno, quando as rainhas acasaladas hibernam enterradas em solo fofo, protegidas por uma cápsula, para formarem novas colmeias na primavera. As abelhas alimentam-se do pólen e do néctar de flores que desabrocham durante o ciclo de vida da colmeia num raio de até 1 km.

Desde o final da década de 1990, a população do abelhão-ferrugem tem diminuído drasticamente, tanto em abundância quanto em distribuição geográfica. Antes, a espécie era encontrada em 28 estados norte-americanos e em duas províncias canadenses. Atualmente, sobrevive em poucas localidades do nordeste dos Estados Unidos e no sul da província de Ontário, no Canadá.

Os humanos dependem da **polinização** por abelhas para produzir alimentos. Várias espécies de abelhas estão desaparecendo por causa da destruição das florestas, do uso de agrotóxicos, da crise do clima e de doenças que antes não as acometiam.

CR

LOBO-VERMELHO

Canis rufus

Classe:
Mammalia

Ordem:
Carnivora

Onde ocorre:
Estados Unidos da América

DADOS BIOLÓGICOS

- *Gestação:*
  61 a 63 dias
- *Filhotes por gestação:*
  1 a 10
- *Peso:*
  25 a 30 kg
- *Comprimento:*
  120 a 170 cm
- *Altura na cernelha:*
  66 a 69 cm

O lobo-vermelho é uma das duas espécies de lobos existentes na América do Norte. Podia ser encontrado em toda a região sudeste dos Estados Unidos, mas, na década de 1960, as populações foram caçadas por criadores de gado; e o seu hábitat destruído por desmatamento, **drenagem**, construção de estradas e exploração de madeira e de minérios.

Vive em famílias de 5 a 8 animais, formadas por um casal adulto e seus filhotes de diferentes idades. O lobo-vermelho adulto é menor do que o lobo-cinzento e maior do que o coiote. Preda guaxinins, coelhos, cervos-de-cauda-branca, lontras e roedores. É mais ativo ao entardecer e ao amanhecer, e evita contato com os humanos.

Para salvar a espécie da extinção nos anos 1970, os últimos 17 lobos-vermelhos, encontrados ao longo da costa dos estados do Texas e da Louisiana, foram capturados para dar início a um programa de reprodução em cativeiro. Em 1980, a espécie foi declarada extinta na natureza, tornando-se um dos canídeos selvagens mais ameaçados do mundo. A partir de 1987, filhotes nascidos em cativeiro foram sendo reintroduzidos na natureza, em uma península no nordeste do estado da Carolina do Norte, onde, atualmente, estima-se que apenas 20 vivam livremente. Atropelamentos, caça, doenças de cães domésticos e cruzamento com coiotes ameaçam os lobos-vermelhos na natureza. Cerca de 250, distribuídos por 43 zoológicos e institutos de conservação e reprodução, fazem parte do programa de criação em cativeiro.

CR

AXOLOTLE

Ambystoma mexicanum

Classe:
Amphibia

Ordem:
Caudata

Onde ocorre:
México
Cidade do México

DADOS BIOLÓGICOS

- *Número de ovos por postura:* 200 a 400
- *Período de incubação:* 10 a 14 dias
- *Peso:* 150 a 220 g
- *Comprimento:* 20 a 30 cm

Na mitologia asteca, *ajolote* significa "monstro que vive na água". Essa salamandra excêntrica, endêmica da Cidade do México, sobrevive na rede de canais do que restou do lago Xochimilco, em uma área inferior a 10 km². Diferente de outras salamandras, o axolotle vive permanentemente na água. Torna-se adulto com cerca de 15 meses de idade, mantendo a anatomia semelhante a de um girino, com guelras (órgão respiratório) avermelhadas e "emplumadas", barbatana dorsal, membros curtos e frágeis e cauda longa e achatada. Como não completa a metamorfose durante o crescimento, mantém a aparência de larva por toda a vida.

Os axolotles juvenis alimentam-se de algas; e os adultos, de moluscos, crustáceos, vermes, larvas de insetos e de peixes. Geralmente são pretos ou marrons, às vezes salpicados com manchas. Na população mantida em cativeiro, são comuns indivíduos com falta de pigmentação da pele. Para sobreviver, o axolotle depende de canais fundos — com água em temperatura de 16 a 22 °C — e plantas aquáticas, sobre as quais deposita seus ovos. Está ameaçado de extinção na natureza por causa da introdução de **espécies exóticas** — como carpas e tilápias — em seu hábitat, poluição e drenagem dos canais em Xochimilco, doença, turismo, comércio para criação em aquários e consumo como iguaria ou remédio.

Em 1864, o axolotle passou a ser criado em laboratório para que fosse decifrada a sua capacidade de regenerar, em poucas semanas, a cauda ou membros amputados. Mais tarde, pesquisadores descobriram que, quando o axolotle sofre uma lesão na medula espinhal, seu organismo é capaz de repará-la naturalmente, fazendo com que ela volte a "funcionar" como se não tivesse sofrido qualquer dano.

CR

GUAXINIM-PIGMEU

Procyon pygmaeus

Classe:
Mammalia

Ordem:
Carnivora

Onde ocorre:
México
Ilha de Cozumel

DADOS BIOLÓGICOS

- *Gestação:*
  63 a 65 dias
- *Filhotes por gestação:*
  2 a 5
- *Peso:*
  3 a 4 kg
- *Comprimento:*
  65 a 80 cm

O guaxinim-pigmeu é endêmico da pequena ilha de Cozumel, a 20 km da costa da península de Yucatán. Esse membro da família dos procionídeos — animais de pernas curtas e cauda longa e peluda, com anéis claros e escuros — é primo do *raccoon* (o guaxinim norte-americano) e do mão-pelada (o guaxinim sul-americano); sendo o menor dos três.

Vive em manguezais, praias, florestas tropicais e áreas agrícolas. Sua dieta é onívora, ou seja, consome alimentos tanto de origem animal quanto vegetal: caranguejos, lagostins, frutas, sementes, insetos e pequenos vertebrados — como pererecas. Os adultos são mais ativos durante a noite. Os machos são maiores do que as fêmeas e têm pelos alaranjados no pescoço e na cauda. A maioria dos filhotes nasce entre os meses de novembro e janeiro.

Existem menos de mil guaxinins-pigmeus em Cozumel, vulneráveis ao avanço da infraestrutura para turismo, aos atropelamentos em estradas e às doenças de cães e gatos domésticos introduzidos na ilha. Os furacões também ameaçam a pequena população de guaxinins, pois provocam ferimentos e a morte de muitos animais, principalmente dos jovens. A criação de áreas protegidas, o controle de espécies exóticas predadoras — como cães e jiboias —, a criação em cativeiro para reintrodução, o planejamento e o ordenamento dos serviços ligados ao turismo e a educação ambiental podem ajudar os guaxinins-pigmeus a sobreviver em Cozumel.

CR

PEIXE-SERRA

Pristis pectinata

Classe:
Chondrichthyes

Ordem:
Rhinopristiformes

Onde ocorre:
Golfo do México
Mar do Caribe

DADOS BIOLÓGICOS

- *Gestação:*
  52 semanas
- *Filhotes por gestação:*
  15 a 20
- *Peso:*
  300 a 350 kg
- *Comprimento:*
  5 a 7 m

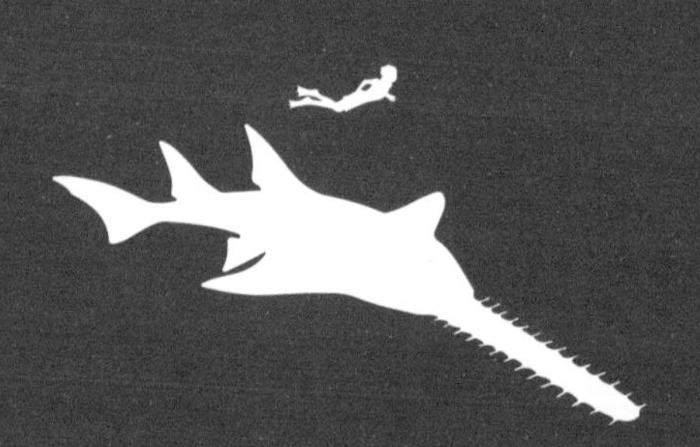

O peixe-serra — ou espadarte — pertence à classe dos peixes que apresentam esqueleto formado por cartilagem, como cações, raias e quimeras. Vive em águas rasas, em profundidade inferior a 100 m. Seu maior atrativo é o rostro — focinho alongado, semelhante a uma espada — rodeado por dentes, usado para arrancar mariscos do fundo do mar e para detectar e atordoar peixes e crustáceos antes de serem comidos.

O espadarte é pescado para consumo da carne, uso das barbatanas para fazer sopa, uso do rostro como adorno e dos dentes em "rinhas de galo" — que ainda acontecem em vários países do Caribe e da América do Sul. Atualmente, os últimos refúgios da espécie são: sul dos Estados Unidos, Bahamas, Cuba, Honduras e Belize. Como a espécie é **ovípara**, os filhotes eclodem do ovo ainda dentro do corpo da mãe e nascem com cerca de 60 cm, com uma membrana protetora sobre suas serras. Crescem em berçários onde há vegetação aquática abundante.

No século XVIII, o peixe-serra podia ser visto em costas, **estuários** ou lagoas — alguns indivíduos percorrem longas distâncias, subindo rios, a partir do mar — de quase 100 países tropicais e subtropicais. A população das cinco espécies de peixe-serra reconhecidas pelos ictiólogos — especialistas em ictiologia, ramo da zoologia que estuda os peixes — diminuiu muito nos últimos 50 anos, e todas estão ameaçadas de extinção pela sobre-explotação e pela pesca incidental — quando o peixe capturado não é o alvo da pescaria.

CR

SAPO-ARLEQUIM

Atelopus varius

Classe:
Amphibia

Ordem:
Anura

Onde ocorre:
Costa Rica
Panamá

DADOS BIOLÓGICOS

- *Incubação:*
  30 a 40 h
- *Número de ovos por postura:*
  30 a 80
- *Peso:*
  150 a 220 g
- *Comprimento:*
  25 a 40 mm

Os espécimes do gênero *Atelopus*, conhecidos como sapos-arlequins, são encontrados da Costa Rica à Bolívia e na Guiana Francesa. As populações das espécies que integram o gênero têm sofrido drásticas reduções de tamanho nas últimas três décadas, principalmente por causa do aquecimento global e da destruição das florestas. Das 99 espécies avaliadas quanto ao risco de extinção, 60 são consideradas criticamente em perigo e quatro estão extintas.

O sapinho da espécie *Atelopus varius* tem o focinho pontudo e cores variadas. Nas costas, manchas e estrias combinam preto com laranja, vermelho, amarelo, azul ou verde. A barriga é marmoreada, branca, amarela, laranja ou vermelha. As cores vivas alertam sobre secreções tóxicas na pele, que funcionam como repelente contra predadores. É uma espécie terrestre. Durante o dia, gosta de ficar assentado sobre rochas nas margens de riachos. À noite, dorme em fendas ou escondido na vegetação. Os ovos são depositados na água, presos a rochas. Atualmente, a espécie pode ser encontrada nas cordilheiras de duas localidades da Costa Rica e em três áreas protegidas no Panamá.

Os sapos-arlequins também têm desaparecido por causa da poluição e da quitridiomicose — doença infecciosa causada pelo fungo *Batrachochytrium dendrobatidis*, que se propaga pela água e prejudica as trocas gasosas, de água e de sais pela pele dos anfíbios infectados; levando-os à morte por parada cardíaca. O fungo, descoberto no México em 1972, se espalhou pelo mundo e infectou mais de 500 espécies de anfíbios, provocando a extinção de dezenas delas.

CR

MACACO-ARANHA

Ateles fusciceps fusciceps

Classe:
Mammalia

Ordem:
Primates

Onde ocorre:
Equador

DADOS BIOLÓGICOS

- *Gestação:*
  32 semanas
- *Filhotes por gestação:*
  1 a 2
- *Peso:*
  7 a 9 kg
- *Comprimento:*
  1,10 a 1,50 m

O macaco-aranha-de-cabeça-marrom é endêmico das florestas úmidas da cordilheira dos Andes, na costa noroeste do Equador. Estima-se que a população tenha diminuído em 80% nos últimos 45 anos por causa do desmatamento e da caça, tornando a espécie rara e difícil de se ver. Não se sabe quantos indivíduos restam na natureza. Todavia, algumas dezenas podem ser encontradas em cinco áreas protegidas do país. Grupos pequenos vivem isolados uns dos outros, prejudicando a troca de genes e a diversidade genética — importante para a sobrevivência das espécies. A caça e a comercialização são proibidas por lei desde 2003.

Vive em grupos de 20 a 30 indivíduos, mas raramente todos são vistos reunidos ou dividindo o mesmo espaço — como uma mesma árvore frutífera — com outros primatas. O mais comum é vê-lo sozinho, em grupos de 2 a 6 indivíduos ou apenas ouvir seu repertório de vocalizações. Está sempre se deslocando pela floresta durante o dia, em busca de alimento — frutos maduros e, na falta deles, folhas, flores, sementes, brotos, cascas de árvores, raízes aéreas, mel, fungos, cupins e outros insetos e madeira em decomposição. Raramente desce das árvores. Após o nascimento, o filhote permanece todo o tempo junto à mãe, ficando aos cuidados dela até completar 20 meses de idade.

Os macacos-aranhas têm braços e pernas longos e finos, maiores do que o tronco, e uma cauda preênsil — adaptada para segurar e prender — também longa, que funciona como um quinto membro. Essa anatomia rendeu a eles o nome e a agilidade para se deslocarem entre os galhos de árvores. As mãos, sem polegares desenvolvidos, funcionam como ganchos. Machos e fêmeas adultos têm a mesma aparência e, vistos de longe, os órgãos sexuais são de difícil distinção.

CR

MORCEGO-LINGUEIRÃO

Anoura fistulata

Classe:
Mammalia

Ordem:
Chiroptera

Onde ocorre:
Equador

DADOS BIOLÓGICOS

- *Filhotes por gestação:*
  1
- *Peso:*
  < 20 g
- *Comprimento:*
  6 a 8 cm
- *Envergadura:*
  12 a 16 cm

O morcego-lingueirão vive nas florestas neblinosas das encostas da cordilheira dos Andes — em altitudes que variam de 1 000 a 2 500 m. Alimenta-se de insetos, néctar e pólen de várias flores. Raro em seu hábitat, foi registrado pela primeira vez em 2005. Zoólogos investigam a sua ocorrência em localidades da Colômbia, do Peru e da Bolívia. Como o seu hábitat é afetado pelo desmatamento, corre risco de desaparecer da natureza. Contudo, faltam informações para que a espécie seja incluída em uma categoria de risco de extinção.

Comparado a outros animais — considerando a proporção entre o tamanho do corpo e o da língua —, é o mamífero mais lingueirão que se conhece. Sua língua mede o equivalente a uma vez e meia o seu comprimento — do focinho à cauda. Entre os vertebrados, só perde para os camaleões, cuja língua pode ser duas vezes maior que o comprimento do corpo. O morcego-lingueirão é a única espécie capaz de polinizar a planta conhecida pelos botânicos como *Centropogon nigricans*, cujas pétalas formam um tubo com 8 a 9 cm de comprimento. A reprodução dessa planta depende da ajuda do morcego, que carrega pólen de uma flor para outra.

Apesar dos olhos pequenos, o morcego-lingueirão não é cego. Contudo, prefere se locomover utilizando a ecolocalização (ou ecolocação) — modo de orientação por meio da emissão de sons de alta frequência pela boca ou nariz. Quando os sons são refletidos por algum obstáculo, o morcego é capaz de identificar a posição e a forma desse obstáculo à frente. Os morcegos vivem em **colônias** — às vezes, com poucos indivíduos; às vezes, com milhares. Espécies diferentes podem dividir um mesmo abrigo.

DD

IGUANA-ROSADA

Conolophus marthae

Classe:
Reptilia

Ordem:
Squamata

Onde ocorre:
Equador
Galápagos
Ilha Isabela

DADOS BIOLÓGICOS

- *Número de ovos por postura:*
  3 a 5
- *Peso:*
  6 a 12 kg
- *Comprimento (sem a cauda):*
  40 a 50 cm
- *Comprimento da cauda:*
  50 a 70 cm

A iguana-rosada foi vista pela primeira vez em 1986, por guardas-florestais, perto do vulcão Wolf, na parte norte da maior ilha de Galápagos. Foi considerada uma "esquisitice" dentro da população de iguanas-amarelas — também chamadas de iguanas-terrestres-de-galápagos (*Conolophus subcristatus*). Embora ambas as espécies tenham a cabeça curta e as pernas traseiras fortes, com garras afiadas nos dedos, a pesquisa genética classificou a iguana-rosada como uma espécie distinta e uma das mais antigas do arquipélago.

Existem cerca de 200 iguanas-rosadas na natureza; algumas foram levadas para criação em cativeiro. Endêmica da ilha Isabela, habita altitudes entre 600 e 1 700 m da encosta norte do vulcão Wolf, numa pequena área de 25 km^2. Durante os meses de maio a julho, as iguanas-rosadas gostam de ficar na borda da cratera do vulcão. Alimentam-se de folhas e frutos de pelo menos 16 espécies de vegetais. A coloração rosada é resultado do sangue que circula por baixo da pele clara, sem pigmentos.

Pouco se sabe sobre o ciclo de vida das iguanas-rosadas, pois vivem numa localidade de difícil acesso. Há alguns anos, pesquisadores vêm desenvolvendo um dispositivo eletrônico de rastreamento que, quando fixado no corpo delas, transmite dados sobre seus hábitos — por meio do Global Positioning System (GPS). A principal ameaça à sobrevivência da espécie é o vulcão Wolf — cuja última erupção, em 2015, após 33 anos adormecido, atingiu a encosta sul. Secas prolongadas, parasitas e espécies invasoras — como ratos e gatos **ferais**, que predam ovos e filhotes — também prejudicam a pequena população.

CR

ARARINHA-AZUL

Cyanopsitta spixii

Classe:
Aves

Ordem:
Psittaciformes

Onde ocorre:
Brasil

DADOS BIOLÓGICOS

- *Número de ovos por postura:* 2 a 3
- *Incubação:* 26 a 27 dias
- *Peso:* 280 a 450 g
- *Comprimento:* 55 a 60 cm
- *Envergadura:* 60 a 70 cm

A ararinha-azul é um dos quatro psitacídeos de cor azul registrados no Brasil. Usa buracos em troncos de árvores como ninho e gosta de se empoleirar em pontas de galhos secos. Endêmica do sertão dos estados da Bahia e de Pernambuco, alimenta-se de frutos e sementes de árvores e arbustos da caatinga, como o pinhão, a faveleira, a baraúna e o umbuzeiro.

Em 1819, o naturalista Johann Baptist Ritter von Spix capturou uma ararinha-azul para apresentá-la à ciência. Em 2000, o último indivíduo de vida livre desapareceu. Os esforços para salvar a espécie da extinção começaram em 1986, quando apenas 3 ararinhas foram avistadas em Curaçá, na Bahia; e tantas outras viviam em cativeiros espalhados pelo mundo, vítimas do tráfico ilegal. Em 5 de junho 2018, no Dia Mundial do Meio Ambiente, foram criadas duas unidades de conservação na Bahia — do tamanho de 100 mil campos de futebol — para proteger a flora e a fauna da caatinga: a Área de Proteção Ambiental e o Refúgio de Vida Silvestre da Ararinha-Azul.

Existem menos de 200 ararinhas-azuis em cativeiro, parte delas em criadores fora do Brasil. Formar casais não é fácil, mas alguns conseguem procriar. Em abril de 2021, nasceram os dois primeiros filhotes no Centro de Reprodução e Reintrodução das Ararinhas-Azuis, em Curaçá, onde 52 ararinhas aguardam voltar à natureza. Elas contarão com a ajuda de outra espécie — a maracanã-verdadeira (*Primolius maracana*) — para reaprender como viver em liberdade, encontrar alimento e água, fugir de predadores e construir ninhos em ocos de carabeiras e mulungus.

EW

PATO-MERGULHÃO

Mergus octosetaceus

Classe:
Aves

Ordem:
Anseriformes

Onde ocorre:
Brasil

DADOS BIOLÓGICOS

- *Número de ovos por postura:* 7 a 8
- *Incubação:* 32 a 34 dias
- *Peso:* 650 a 950 g
- *Comprimento:* 50 a 60 cm
- *Envergadura:* 40 a 50 cm

O pato-mergulhão é uma das poucas aves que vivem em rios de regiões montanhosas do cerrado. Seu bico fino e serrilhado é usado para capturar insetos e caracóis, e para pescar pequenos peixes durante mergulhos — que podem durar até 30 s — em águas limpas e transparentes, em corredeiras e **remansos**. O penacho na nuca é uma característica da espécie.

Existem menos de 300 patos-mergulhões na natureza. É uma das aves aquáticas mais ameaçadas do mundo. Foi considerado extinto entre 1940 e 1950, mas atualmente pode ser encontrado em parques nacionais na serra da Canastra, em Minas Gerais; na chapada dos Veadeiros, em Goiás; e no Jalapão, no Tocantins. O pato-mergulhão foi incluído na primeira lista de espécies da fauna ameaçada de extinção publicada no Brasil, em 1968. Em 2002, um pequeno grupo foi reavistado em Misiones, na Argentina.

O casal monogâmico — que permanece fiel por muitos anos — faz o ninho em ocos de árvores, fendas em rochas ou buracos em barrancos, na beira do rio, onde a fêmea choca os ovos. A maioria dos filhotes nasce entre julho e agosto. Abandonam o ninho no dia seguinte ao nascimento, quando arriscam os primeiros mergulhos sob a proteção dos pais.

CR

LOBO-DE-FALKLAND

Dusicyon australis

Classe:
Mammalia

Ordem:
Carnivora

Onde ocorria:
Atlântico Sul

DADOS BIOLÓGICOS

- *Gestação:*
  32 semanas
- *Filhotes por gestação:*
  1 a 2
- *Peso:*
  15 a 20 kg
- *Comprimento:*
  90 a 130 cm
- *Altura na cernelha:*
  35 a 38 cm

O lobo-de-falkland era endêmico das ilhas Falkland (Malvinas). Também conhecido como raposa-das-malvinas, podia ser encontrado nas duas principais ilhas do arquipélago: West Falkland (Isla Gran Malvina, a oeste) e East Falkland (Isla Soledad, a leste). Era o único mamífero terrestre nas ilhas. Não existem informações sobre como viviam. Provavelmente, alimentavam-se de pinguins, de outras aves e dos ovos delas — existem mais de 60 espécies nas ilhas — e de filhotes de lobos-marinhos.

O primeiro registro do lobo-de-falkland data de janeiro de 1690, quando um capitão da marinha britânica capturou um animal jovem, que mais tarde escapou. O lobo ainda existia quando o naturalista Charles Darwin (1809-1882), a bordo do navio Beagle, visitou as ilhas entre 1833 e 1834. As diferenças entre os lobos das ilhas leste e oeste podem ter influenciado as ideias e pesquisas de Darwin sobre a origem das espécies.

Ao longo do século **XIX**, os lobos foram perseguidos e mortos por colonos argentinos, comerciantes de peles dos Estados Unidos e colonos escoceses — que os consideravam uma ameaça aos rebanhos de ovelhas levados às ilhas. Curiosos e destemidos, os lobos eram alvo fácil. Acredita-se que o último espécime tenha morrido em 1876, na baía de Shallow. Em 1868, um lobo foi enviado ao zoológico de Londres; outro, em 1870. A reprodução em cativeiro não foi relatada.

EX

BALEIA-AZUL-ANTÁRTICA

Balaenoptera musculus intermedia

Classe:
Mammalia

Ordem:
Cetartiodactyla

Onde ocorre:
Oceanos
Zona temperada do sul
Zona polar da Antártida

DADOS BIOLÓGICOS

- *Gestação:*
  11 a 12 meses
- *Filhotes por gestação:*
  1 a 2
- *Peso:*
  120 a 190 t
- *Comprimento:*
  25 a 35 m

A baleia-azul-antártica é o maior animal do planeta. A fêmea é até 10 m maior do que o macho. Passa a maior parte do tempo sozinha ou na companhia dos filhotes. Durante a primavera e o verão, alimenta-se de toneladas de *krill* por dia; os pequenos crustáceos são capturados na superfície ou em mergulhos que podem atingir 100 m de profundidade e durar 20 min. Assim como as outras espécies de baleia-azul, faz longas migrações para fugir do inverno e emite as vocalizações mais poderosas do reino animal para se comunicar — alguns sons de baixa frequência, inaudíveis pelo ser humano, percorrem centenas de quilômetros em águas profundas.

Os acasalamentos e os nascimentos de filhotes ocorrem ao longo do outono, em latitudes menores, onde as águas são mais quentes e as baleias permanecem até o final do inverno. O filhote nasce com cerca de 7 m de comprimento, pesando 2,5 t; mama cerca de 100 l de leite por dia, durante 6 a 8 meses.

Ao longo do século XX, cerca de 350 mil baleias-azuis foram capturadas no hemisfério Sul e quase foram extintas pela frota baleeira. A população da baleia-azul-antártica ficou reduzida a algumas centenas de indivíduos. Desde 1986, quando a caça comercial passou a ser proibida pela Comissão Baleeira Internacional, o número de baleias-azuis vem aumentando. Estima-se que existam cerca de 6 mil baleias-azuis-antárticas.

CR

TARTARUGA-DE-PENTE

Eretmochelys imbricata

Classe:
Reptilia

Ordem:
Testudines

Onde ocorre:
Oceanos
Zona tropical

DADOS BIOLÓGICOS

- *Número de ovos por postura:* 100 a 150
- *Incubação:* 45 a 60 dias
- *Peso:* 80 a 100 kg
- *Comprimento:* 0,90 a 1,20 m

A tartaruga-de-pente vive em recifes de corais e em águas costeiras rasas. Faz longas migrações para cruzar os oceanos em busca de abrigo, alimento e acasalamento, e depois para voltar à praia onde nasceu para desovar. Alimenta-se de esponjas, anêmonas, ouriços, algas, lulas e camarões. A fêmea começa a botar ovos a partir dos 25 anos. Ela utiliza as patas traseiras para escavar o ninho na areia de praias tropicais e cobrir os ovos depositados nele. As desovas — pelo menos três por temporada — acontecem nas estações mais quentes do ano, geralmente de madrugada, em pelo menos 70 países.

A temperatura do ninho (25 °C a 30 °C) determina o sexo dos filhotes: dos ovos do fundo do ninho, mais quente, eclodem fêmeas; e dos ovos mais à superfície, machos. Quando deixam o ovo, as tartaruguinhas medem de 3 a 4 cm e vão cavucando a areia até alcançarem a superfície do ninho para, depois, correrem em direção ao mar, onde vão nadar e se alimentar sozinhas. A maioria das tartaruguinhas é predada por siris, aves, polvos e peixes.

A população mundial de tartarugas-de-pente diminuiu 80% no século XX por causa da caça — para consumo da carne e uso do casco na fabricação de pentes, escovas, joias e enfeites — e da coleta de ovos logo depois das desovas, também para alimentação humana. A morte dos recifes de corais, causada pela poluição dos oceanos e pelo aquecimento global, é prejudicial à sobrevivência das tartarugas-de-pente. Muitas morrem afogadas, presas a redes de pesca e anzóis, ou porque ingeriram lixo, principalmente pedaços de plástico confundidos com comida.

CR

ATUM-AZUL-DO-SUL

Thunnus maccoyii

Classe:
Actinopterygii

Ordem:
Perciformes

Onde ocorre:
Oceanos
Zona temperada do sul

DADOS BIOLÓGICOS

- *Peso:*
  150 a 200 kg
- *Comprimento:*
  1,50 a 2,50 m
- *Longevidade:*
  40 anos

O atum-azul-do-sul é encontrado em águas frias e temperadas, entre as latitudes 30° S e 60° S. Nada a uma velocidade de 2 a 3 km/h, mas acelera tão rápido quanto um carro esportivo para capturar uma presa. Alimenta-se de uma grande variedade de peixes, crustáceos, lulas e polvos. A única área de reprodução dessa espécie fica no oceano Índico, próxima a Java, na Indonésia. A fêmea, a partir dos 10 anos, produz até 15 milhões de ovos em um único período de desova, que dura todo o verão. Mas não se sabe se ela desova todos os anos, em intervalos de alguns anos ou apenas uma vez na vida.

Existem 15 espécies de atum exploradas pelas pescas industrial e esportiva. As oito espécies do gênero *Thunnus* são migratórias, grandes, fortes e velozes por causa do corpo alongado e hidrodinâmico. Diferente dos outros peixes ósseos, o atum consegue manter a temperatura do seu corpo mais alta do que a da água ao seu redor. Vive em cardumes em alto-mar, em águas com até 900 m de profundidade. O registro mais antigo da pesca do atum é de 7 000 a.C., no mar Egeu.

O principal método usado para capturar o atum-azul-do-sul é a pesca com **espinhel**. As iscas também atraem albatrozes, petréis e tartarugas-marinhas, que ficam presos nos anzóis e morrem afogados. Na Austrália, cardumes de atum-azul-do-sul são capturados com redes de cerco e rebocados até gaiolas ancoradas no fundo do oceano, perto da costa, nas quais são engordados por vários meses antes de serem abatidos e comercializados. A carne do atum-azul-do-sul é muito valiosa por causa do seu alto teor de gordura. O mercado japonês de sashimi é o principal consumidor.

CR

ALBATROZ-DE-AMSTERDÃ

Diomedea amsterdamensis

Classe:
Aves

Ordem:
Procellariiformes

Onde ocorre:
Oceano Índico
Terras Austrais
e Antárticas Francesas

DADOS BIOLÓGICOS

- *Número de ovos por postura:*
  1
- *Incubação:*
  75 a 80 dias
- *Peso:*
  5 a 6 kg
- *Comprimento:*
  50 a 60 cm
- *Envergadura:*
  250 a 300 cm

O albatroz-de-amsterdã passa a maior parte da vida em alto-mar. Voa até 2 200 km em busca de alimento: peixes e lulas. As grandes asas permitem que sobrevoe longas distâncias sem gastar muita energia, aproveitando as correntes de vento para planar — como uma asa-delta —, sem precisar bater as asas o tempo todo.

Existem menos de 200 albatrozes-de-amsterdã. A cada dois anos, cerca de 30 casais procriam no Plateau des Tourbières, na ilha de Amsterdã. A maioria dos ovos é posta entre fevereiro e março, em ninhos construídos no chão. O casal se reveza na incubação de um único ovo e nos cuidados com o filhote até fevereiro do ano seguinte, quando ele já consegue voar e abandonar a ilha, retornando à colônia entre os 4 e os 7 anos de idade. Aos 9, atinge a **maturidade sexual**. Vive até os 40. Em 2018, o albatroz-de-amsterdã deixou de ser classificado como "criticamente em perigo".

Albatrozes e petréis estão entre as aves mais ameaçadas do mundo. Das 22 espécies de albatrozes, 17 estão ameaçadas de extinção. A pesca comercial com espinhel nas áreas de alimentação dos albatrozes causa a morte de milhares deles. A destruição do hábitat das ilhas onde os albatrozes fazem seus ninhos, derramamentos de petróleo no mar e a poluição dos oceanos com plástico — os filhotes morrem engasgados ou intoxicados por resíduos que seus pais capturam no mar, confundidos com alimento — ameaçam a sobrevivência dos albatrozes.

EN

LÊMURE-ESPORTIVO

Lepilemur septentrionalis

Classe:
Mammalia

Ordem:
Primates

Onde ocorre:
Madagascar

DADOS BIOLÓGICOS

- *Gestação:*
  32 semanas
- *Filhotes por gestação:*
  1 a 2
- *Peso:*
  700 a 800 g
- *Comprimento:*
  50 a 55 cm

O lêmure-esportivo é uma das 105 espécies de lêmures endêmicos de Madagascar. O nome vem da postura de boxeador que ele adota quando se sente ameaçado. Os olhos grandes são típicos de primatas com hábitos noturnos. Alimenta-se de folhas, flores, frutas e do próprio cocô — a coprofagia é uma forma de reaproveitar nutrientes, como vitaminas e proteínas, presentes nas fezes. Passa o dia dormindo, escondido em buracos de árvores.

Existem menos de 50 indivíduos confinados à Montagne des Français, em uma área de 10 km^2, no extremo norte de Madagascar. Tentativas de mantê-lo em cativeiro fracassaram; o lêmure-esportivo morre em poucos dias após ser capturado. As maiores ameaças são a derrubada da floresta para produção de lenha e carvão vegetal e a substituição do seu hábitat por plantações de eucalipto. Às vezes, é caçado ilegalmente para servir de alimento.

A ordem Primates ocorre em 90 países. Brasil, Madagascar, Indonésia e República Democrática do Congo abrigam 65% das espécies de primatas do mundo — o que corresponde a mais de 430 espécies —, das quais 60% estão em listas vermelhas. A lista *Primatas em perigo: os 25 primatas mais ameaçados do mundo (2016-2018)* — elaborada pelo Grupo de Especialistas em Primatas da IUCN — traz cinco espécies que vivem nas florestas tropicais da América do Sul, Antilhas e América Central; nove espécies da Ásia e 11 da África — sendo seis de Madagascar. O lêmure-esportivo faz parte dessa lista desde 2008.

CR

GORILA-DAS-MONTANHAS

Gorilla beringei beringei

Classe:
Mammalia

Ordem:
Primates

Onde ocorre:
República Democrática do Congo
Ruanda
Uganda

DADOS BIOLÓGICOS

- *Gestação:* 35 semanas
- *Filhotes por gestação:* 1 a 2
- *Peso:* 90 a 200 kg
- *Comprimento:* 1,50 a 1,80 m

Cerca de mil gorilas-das-montanhas vivem nas florestas da África Central, divididos em duas subpopulações. Uma vive na região das fronteiras — no Parque Nacional Virunga, no Parque Nacional dos Vulcões e no Parque Nacional de Gorilas de Mgahinga. Outra vive no Parque Nacional Impenetrável de Bwindi, em Uganda. Pacíficos, os gorilas são alvos fáceis da caça — cabeça e mãos são vendidas como souvenirs. Estão ameaçados pela destruição das florestas, produção de carvão, agricultura no entorno dos parques, doenças de humanos, guerras e conflitos sociais. Em 2018, o gorila-das-montanhas deixou de ser classificado como "criticamente em perigo".

Os gorilas organizam-se em pequenos grupos, formados por um macho dominante — o *silverback* —, machos (irmãos ou filhos do líder), fêmeas, filhotes e jovens. O patriarca tem quase o dobro do peso das fêmeas, o topo da cabeça é mais alto, os dentes caninos são mais longos e os pelos das costas são prateados.

Alimentam-se de folhas, flores, frutos, cascas de árvore macias, raízes, fungos e brotos de bambu. Às vezes, comem formigas. A busca por comida ao longo do dia é alternada com pausas para descanso, brincadeiras dos filhotes e cuidados de higiene entre si. Caminham com o corpo inclinado, apoiados nas solas dos pés e nas articulações dos dedos das mãos. À noite, dormem em ninhos preparados com vegetação, no chão ou em cima de alguma árvore. O filhote permanece com a mãe até os quatro anos, quando deixa de ser carregado nas costas dela.

EN

RINOCERONTE-BRANCO

Ceratotherium simum cottoni

Classe:
Mammalia

Ordem:
Perissodactyla

Onde ocorre:
África Central
África Oriental

DADOS BIOLÓGICOS

- *Gestação:*
  16 meses
- *Filhote por gestação:*
  1
- *Peso:*
  1 800 a 2 500 kg
- *Altura na cernelha:*
  1,50 a 1,80 m

Na década de 1960, cerca de 2 mil rinocerontes-brancos-do-norte eram encontrados nas planícies da África. A caça — os chifres são cortados e vendidos para produzir remédios caseiros — e a destruição do hábitat reduziram a população na década de 1980. A última manada desapareceu do Parque Nacional de Garamba durante a guerra civil na República Democrática do Congo, no final dos anos de 1990. Em 2008, a espécie foi considerada extinta na natureza.

Em 2014, existiam apenas sete rinocerontes-brancos-do-norte em zoológicos. Quatro deles foram enviados à reserva Ol Pejeta Conservancy, no Quênia, na expectativa de que se reproduzissem. Mas não houve nascimentos, nem no ambiente natural, nem nos zoológicos. Desde 2018, a espécie está reduzida a duas fêmeas, vigiadas o tempo todo por guardas da reserva. Técnicas de reprodução assistida estão sendo testadas para produzir embriões a partir de **ovócitos** coletados dessas fêmeas, fertilizados em laboratório com esperma de machos que já morreram. Esses embriões poderão ser transferidos para o útero de fêmeas de rinoceronte-branco-do-sul para que sejam gestados.

Apesar do nome, o rinoceronte-branco tem a pele cinza. Gosta de chafurdar na lama ou rolar no chão, vivendo coberto de terra. Corpulento e ágil, atinge a velocidade de 40 km/h. É solitário, exceto durante os dias em que acasala. O filhote permanece ao lado da mãe por três anos. Dentre as espécies de rinocerontes, o branco-do-norte é o maior e o mais dócil. O pescoço forte sustenta a cabeça grande e os lábios são adaptados para cortar gramíneas rente ao chão. Enxerga pouco, mas tem o olfato e a audição bem desenvolvidos.

EW

GRANDE-BRANCA-DA-MADEIRA

Pieris wollastoni

Classe:
Insecta

Ordem:
Lepidoptera

Onde ocorria:
Portugal
Arquipélago da Madeira

DADOS BIOLÓGICOS

- *Peso:*
  < 5 g
- *Envergadura:*
  55 a 65 mm

A grande-branca-da-madeira é endêmica da ilha da Madeira, localizada no norte do oceano Atlântico, a cerca de 1 000 km de Portugal e de 600 km da costa africana. Na década de 1970, foi considerada rara, embora não existisse ameaça conhecida à sua sobrevivência. Os últimos exemplares vivos foram vistos em maio de 1977. Investigações na década de 1990 não encontraram novos espécimes.

Após passar pela metamorfose completa das borboletas — ovo, larva (ou lagarta) e pupa (ou crisálida) — a grande-branca-da-madeira adulta atinge até 65 mm de envergadura. Voa entre março e novembro, entrando em **diapausa** no inverno. O comportamento da grande-branca nunca foi estudado em detalhes.

A causa do desaparecimento da grande-branca-da-madeira é um mistério. Pode ter sido causado pela chegada, na ilha da Madeira, de um vírus da pequena-branca, outra espécie de borboleta; ou de uma vespa parasita que se alimenta de lagartas. As borboletas são delicadas, sensíveis a verões muito quentes e secos, a primaveras frias e a pesticidas; por isso, elas são sentinelas de mudanças no seu hábitat. O desaparecimento ou a diminuição do número de borboletas é sinal de perigo para outras espécies que compartilham do mesmo ambiente.

Agradecemos a António Miguel Franquinho Aguiar, do Laboratório de Entomologia do Governo Regional da Madeira, pelas informações sobre a espécie *Pieris wollastoni*.

EX

TRITÃO-DE-MONTSENY

Calotriton arnoldi

Classe:
Amphibia

Ordem:
Caudata

Onde ocorre:
Espanha

DADOS BIOLÓGICOS

- *Número de ovos por postura:*
  30 a 40
- *Comprimento:*
  < 12 cm

O tritão-de-montseny foi descoberto em 1979, mas só em 2002, após estudos morfológicos e genéticos, foi descrito como uma nova espécie. É endêmico do maciço de Montseny, conjunto de montanhas dentro do Parque Natural del Montseny, na comunidade autônoma da Catalunha, na Espanha. Desde 1978, o parque integra a Rede Mundial de Reservas da Biosfera.

Essa espécie de salamandra vive em riachos de águas frias (abaixo de 15 °C) e límpidas. Os leitos íngremes são formados por rochas, e as margens cobertas por faias e azinheiras — árvores típicas do hábitat do tritão —, entre 700 e 1 200 m de altitude. Solitário, alimenta-se de invertebrados aquáticos e de larvas da salamandra-comum (*Salamandra salamandra*). A reprodução ocorre principalmente na primavera. O macho utiliza a cauda para abraçar e fertilizar a fêmea durante o coito. A fêmea deposita ovos debaixo d'água, em buracos nas rochas. As larvas eclodem por volta do 40º dia e se desenvolvem durante meses até adquirirem a forma adulta.

O aquecimento global tem modificado a distribuição dessas duas espécies de árvores no maciço e, consequentemente, a ocorrência do tritão. As torrentes são alimentadas por água subterrânea e da chuva. A pequena população do tritão-de-montseny — cerca de 1 500 espécimes adultos — está dividida em sete grupos, isolados uns dos outros, em uma área de aproximadamente 10 km^2. A diminuição do volume de água — que está sendo captada e engarrafada para comercialização — e a secagem das torrentes são as maiores ameaças à sobrevivência da espécie.

CR

GAFANHOTO-ROQUEIRO

Prionotropis rhodanica

Classe:
Insecta

Ordem:
Orthoptera

Onde ocorre:
França

DADOS BIOLÓGICOS

- *Número de ovos por postura:* 10 a 20
- *Comprimento:* 3 a 5 cm

Endêmico da **estepe** de Crau, no sul da França, o gafanhoto-roqueiro prefere os locais com pedras e pouca vegetação. Não tem asas e usa sua coloração críptica — que o integra ao ambiente, dificultando sua detecção por predadores e presas — como camuflagem, para ficar "invisível". Alimenta-se de plantas, de matéria orgânica em decomposição e de cocô de outros animais — contribuindo para a limpeza do ambiente. Movimenta-se cerca de 5 m por dia, não mais que 50 m durante uma temporada.

Para atrair a fêmea, o macho do gafanhoto-roqueiro emite um som alto, conhecido como "canção de chamada". Quando um começa a cantar, os outros que estão por perto o acompanham, às vezes sincronizados, dando a impressão de haver apenas um grande inseto barulhento. Os ovos do gafanhoto-roqueiro passam o inverno sem se desenvolver, e as **ninfas** eclodem na primavera, em abril, tornando-se adultas no final de maio. O ciclo de vida é completado em cerca de um ano; os adultos desaparecem até o início de julho.

A população de gafanhotos-roqueiros é estimada em 5 mil indivíduos adultos, espalhada em uma área de 16 km^2 na Reserva Natural Nacional de Coussouls de Crau, criada em 2001. No passado, diminuiu devido à transformação do hábitat em pastagens, pomares, olivedos, estradas e áreas industriais. Como não voa, a dispersão e a recolonização ficam prejudicadas. Atualmente, medicamentos usados nos rebanhos de ovelhas — e eliminados nas fezes delas —, pastoreio excessivo e o aquecimento global estão impedindo que a população aumente de tamanho. A sobrevivência do gafanhoto-roqueiro depende da restauração do seu hábitat e de reintroduções que começaram a ser feitas em 2015.

CR

RAIA-DA-NORUEGA

Dipturus batis

Classe:
Chondrichthyes

Ordem:
Rajiformes

Onde ocorre:
Nordeste do Atlântico
- Mar da Noruega
- Mar do Norte
- Mar Mediterrâneo
- Costa da África

DADOS BIOLÓGICOS

- *Número de ovos por ano:* 30 a 50
- *Peso:* 80 a 120 kg
- *Comprimento:* 2 a 2,50 m

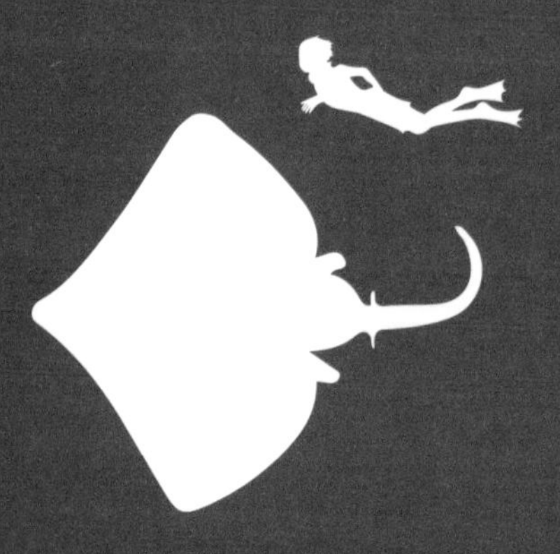

A raia-da-noruega, também conhecida como raia-azul, é a maior raia encontrada na Europa. Possui uma fileira de pequenos espinhos sobre a cauda. Alimenta-se de peixes e de outros animais que vivem no fundo do mar. Era abundante do mar da Noruega à costa do Senegal, bem como na Islândia, na ilha da Madeira e no mar Mediterrâneo; principalmente nas águas costeiras com até 200 m de profundidade. Por causa do seu tamanho, foi muito pescada e tornou-se escassa em várias regiões.

A partir dos 10 anos de vida, as fêmeas — que são ovíparas — começam a botar ovos no fundo do mar, em locais arenosos ou lamacentos, às vezes junto a corais. São grandes — 2 m de comprimento e 1 m de largura —, de formato oblongo e casca escura, grossa, flexível, com "chifres" pontiagudos nos cantos. Os embriões se alimentam da gema até o momento da eclosão.

No mar Mediterrâneo, 16 espécies de raias e 23 de tubarões estão ameaçadas de extinção. Esses números correspondem a mais da metade das espécies dos condrictes — peixes cartilaginosos — que vivem na região. A sobre-explotação é a principal ameaça à sobrevivência das espécies pescadas para o consumo humano.

CR

GROU-SIBERIANO

Leucogeranus leucogeranus

Classe:
Aves

Ordem:
Gruiformes

Onde ocorre:
Ásia
Extremo Oriente
Subcontinente indiano

DADOS BIOLÓGICOS

- *Números de ovos por postura:*
  2
- *Incubação:*
  70 a 75 dias
- *Peso:*
  5 a 9 kg
- *Altura:*
  1,30 a 1,50 m
- *Envergadura:*
  2 a 2,30 m

O grou-siberiano, também conhecido como guindaste-branco ou guindaste-da-neve, é uma espécie migratória que viaja em bandos entre as áreas de reprodução e alimentação, descansando por alguns dias ao longo da jornada, sempre nos mesmos locais. As asas, largas e arredondadas, possibilitam voar grandes distâncias. No inverno, eles migram 5 000 km até o lago Poyang, na China. Alguns grupos migram até o Parque Nacional Keoladeo, na Índia. Alimenta-se de raízes, tubérculos, sementes, brotos de junça, amoras-silvestres, plantas aquáticas, insetos, peixes e outros pequenos vertebrados.

Os machos são maiores do que as fêmeas. Já as plumagens de ambos são semelhantes. Os adultos possuem uma "máscara" vermelha e a íris amarela. A reprodução ocorre no verão, nos pântanos de taiga das planícies russas de altas latitudes. As vocalizações são barulhentas e musicais, e o ritual de acasalamento é um espetáculo que reúne exibições elegantes, como um balé. Os ninhos parecem grandes cestos, construídos com junça e grama acima da linha d'água. A fêmea põe dois ovos, mas apenas um filhote vinga na maioria dos ninhos. Os jovens têm cor de canela e a máscara emplumada.

Existem cerca de 4 mil grous-siberianos, ameaçados pela destruição ou modificação do seu hábitat — principalmente por causa da construção de barragens que interferem na circulação da água pelas zonas úmidas — caça, envenenamento, poluição e guerras nas regiões de passagem durante as migrações.

CR

GUEPARDO-ASIÁTICO

Acinonyx jubatus venaticus

Classe:
Mammalia

Ordem:
Carnivora

Onde ocorre:
Irã

DADOS BIOLÓGICOS

- *Gestação:*
  90 a 95 dias
- *Filhotes por gestação:*
  1 a 8
- *Peso:*
  30 a 50 kg
- *Comprimento:*
  180 a 200 cm
- *Altura na cernelha:*
  70 a 90 cm

O guepardo-asiático, ou chita-asiática, desapareceu de praticamente toda a área correspondente à sua distribuição geográfica histórica, do leste da Turquia à Índia e na península Arábica. Considerado muito raro já em 1965, com a população diminuindo de tamanho por causa da caça e da destruição do hábitat, passou a ser considerado espécie criticamente em perigo em 1996. Atualmente, existem menos de 100 indivíduos confinados em 3 pequenas regiões no Irã, formadas por planícies áridas, colinas e montanhas.

Armadilhas fotográficas instaladas em quatro áreas protegidas do Irã mostram que os guepardos percorrem longas distâncias, superiores a 100 km, em busca de presas. Por isso, os **corredores ecológicos** são importantes para a proteção dessa espécie. O guepardo-asiático é um predador oportunista. Além de gazelas, caça pequenos roedores, lebres e aves. As criações domésticas também são apetitosas e fáceis de abater, e o guepardo, assim como tantos outros carnívoros, entra em conflito com pastores e fazendeiros.

O guepardo é o mamífero terrestre mais rápido do mundo: atinge mais de 100 km/h — aproximadamente 30 m/s — numa arrancada que pode durar até 20 s. Contudo, o zigue-zague da presa em fuga e os obstáculos presentes no ambiente natural fazem com que essa velocidade seja menor durante a caça. A presa só escapa do guepardo quando consegue se manter à frente dele durante o ataque até ele se cansar e desistir do bote.

CAMELO-SELVAGEM

Camelus ferus

Classe:
Mammalia

Ordem:
Cetartiodactyla

Onde ocorre:
China
Mongólia

DADOS BIOLÓGICOS

- *Gestação:*
  12 a 14 meses
- *Filhotes por gestação:*
  1 a 2
- *Peso:*
  300 a 700 kg
- *Comprimento:*
  2,3 a 3,4 m
- *Altura na cernelha:*
  1,80 a 2 m

O camelo-bactriano-selvagem é originário das estepes da Ásia Central, na região de Báctria —, país que existiu até o século VI. As três populações remanescentes vivem no deserto de Taklamakan, no noroeste da China; e no deserto de Gobi (na língua mongol, *gobi* significa "lugar sem água"), no norte da China e sul da Mongólia. Os camelos se organizam em haréns com 6 a 30 indivíduos. Os filhotes nascem sem as corcovas, principalmente nos meses de março e abril, período de maior abundância de alimento — gramíneas e arbustos. Mamam até os 18 meses de idade.

Para se adaptar às variações de temperatura ao longo do dia e das estações — de -30 °C a 55 °C —, bem como à escassez de água, o camelo-selvagem desenvolveu a capacidade de sobreviver sem água por uma semana e sem comida por alguns meses, armazenando gordura em seu abdômen e nas corcovas. Na ausência de água doce, bebe água com concentração de sal superior à da água do mar, sem que isso seja prejudicial à sua saúde.

Existem aproximadamente 600 camelos-selvagens na China e 450 na Mongólia, ameaçados pela caça ilegal — esportiva ou para consumo da carne —, por resíduos tóxicos da mineração, pela **hibridação** com camelos domésticos e competição com a pecuária. A Reserva Natural Nacional dos Camelos Selvagens de Lop Nur é um dos refúgios da espécie na China. Entre 1964 e 1996, 45 testes nucleares foram realizados na área que se tornou a reserva. Aparentemente, os camelos resistiram aos efeitos da radiação e continuam a se reproduzir.

PANGOLIM-CHINÊS

Manis pentadactyla

Classe:
Mammalia

Ordem:
Pholidota

Onde ocorre:
Ásia Central
Himalaias

DADOS BIOLÓGICOS

- *Gestação:*
6 a 7 meses

Filhote por gestação:
1

- *Peso:*
3 a 6 kg

- *Comprimento:*
60 a 90 cm

O pangolim-chinês vive em regiões do Nepal, Butão, Índia, Bangladesh, Mianmar, Laos, Vietnã, Tailândia, Taiwan e do sul da China. Pode ser encontrado tanto nas florestas quanto perambulando por pastagens e plantações. Tornou-se uma espécie rara e provavelmente extinta em algumas regiões por causa da caça — sua carne é considerada iguaria e suas escamas são usadas pela medicina tradicional chinesa e vietnamita para tratar doenças da pele, melhorar a circulação sanguínea e estimular a secreção de leite em mulheres que estão amamentando.

É um mamífero de hábitos noturnos, sem dentes, de língua viscosa, fina e comprida, que pode medir até 30 cm. Seu corpo é coberto por escamas sobrepostas. Tem garras nas patas e cava suas próprias tocas ou transforma cupinzeiros em tocas, que são facilmente encontradas por caçadores ou cães de caça. Sabe nadar e subir em árvores. No inverno, passa meses em tocas profundas construídas ao lado de cupinzeiros que lhe garantem alimento.

Quando atacado, enrola-se para se proteger, ficando em formato de bola — daí o seu nome, *Pangúlang*, palavra de origem malaia que significa "que se enrosca". Embora não seja parente próximo dos tamanduás, o pangolim também é conhecido como tamanduá-escamoso porque se alimenta de formigas e cupins, que são moídos em seu estômago muscular junto com terra e pequenas pedrinhas que também são engolidas.

CR

SAOLA

Pseudoryx nghetinhensis

Classe:
Mammalia

Ordem:
Cetartiodactyla

Onde ocorre:
Laos
Vietnã

DADOS BIOLÓGICOS

- *Filhote por gestação:* 1
- *Peso:* 80 a 100 kg
- *Comprimento:* 150 a 200 cm
- *Altura na cernelha:* 70 a 90 cm

Em 1992, expedicionários do governo vietnamita e do Fundo Mundial para a Natureza (World Wide Fund for Nature — WWF) investigaram a vida selvagem do Parque Nacional de Vũ Quang — na fronteira do Vietnã com o Laos — e encontraram um par de cornos na casa de um caçador. Esses cornos, parecidos com os do órix (*Oryx leucoryx* e *Oryx dammah*), não pertenciam a nenhuma espécie do sudeste da Ásia. Outros cornos, crânios e peles foram encontrados posteriormente, sugerindo que pertenciam a uma espécie até então desconhecida pela zoologia. Dessa semelhança com o órix vem o nome científico *Pseudoryx*, que significa "falso órix".

O saola, também conhecido como unicórnio-asiático, raramente é visto. A primeira fotografia da espécie foi obtida em 1998 por uma **armadilha fotográfica** instalada no Parque Nacional de Pù Mát, no Vietnã; apenas outras quatro foram obtidas nos vinte anos seguintes. Os cornos são negros e medem de 35 cm a 50 cm de comprimento. O animal se alimenta principalmente de folhas nas margens dos rios cobertas por mata ciliar e nas partes da floresta envoltas em névoa. Provavelmente existem menos de 500 saolas, divididos em dez grandes fragmentos florestais ao longo das montanhas Anamitas, onde foi criada uma rede de áreas protegidas.

Guardas-florestais recrutados em aldeias locais já removeram mais de 50 mil armadilhas — destinadas a outras espécies, como o javali — e desmantelaram mais de mil acampamentos de caçadores ilegais. O saola é legalmente protegido tanto no Vietnã quanto no Laos. A extração de madeira e a destruição da floresta — seja pela falta de planejamento para ocupação de terras, por causa do aumento da população humana ou devido à agricultura — ameaçam seu hábitat.

CR

ELEFANTE-DE-SUMATRA

Elephas maximus sumatranus

Classe:
Mammalia

Ordem:
Proboscidea

Onde ocorre:
Indonésia
Sumatra

DADOS BIOLÓGICOS

- *Gestação:*
  22 meses
- *Filhote por gestação:*
  1
- *Peso:*
  4 a 5 t
- *Comprimento:*
  5 a 6,50 m
- *Altura na cernelha:*
  2 a 3 m

Cerca de 2 500 elefantes-de-sumatra vivem nas florestas tropicais de baixa altitude da ilha de Sumatra, na Indonésia, em grupos de 5 a 20 indivíduos de aparentados — filhotes, jovens e fêmeas adultas —, liderados por uma elefanta experiente. Os machos adultos, maiores que as fêmeas, preferem viver sozinhos ou em grupos pequenos, temporários, e nem todos desenvolvem pequenas presas. Os paquidermes são muito comunicativos, e os grupos socializam entre si com frequência.

O elefante-de-sumatra passa de 12 a 18 h por dia se alimentando de capim, folhas, flores, frutos e cascas de árvores que contêm minerais. Como faz muito cocô por onde passa, é um importante dispersor de sementes. O filhote nasce com cerca de 80 cm de altura, pesando por volta de 90 kg. Logo após o nascimento, ele fica em pé e em poucos dias já consegue seguir a rotina de caminhadas da mãe. A elefanta tem um filhote a cada quatro anos, mas esse intervalo pode diminuir ou aumentar dependendo das boas ou más condições do hábitat e da oferta de alimentos. Diferente da maioria dos outros mamíferos, as duas tetas da elefanta ficam entre as patas dianteiras.

Elefantes precisam de grandes áreas para obter alimento. O crescimento da população humana e a competição por espaço geram conflitos entre humanos e elefantes que pisoteiam lavouras. As florestas habitadas pelos elefantes e por outras espécies criticamente em perigo em Sumatra — como o rinoceronte, o tigre e o orangotango — têm sido substituídas por pastagens e plantações, como as de dendezeiro e eucalipto, para a produção de óleo e celulose, respectivamente. A caça ilegal de machos para a venda de couro, carne e marfim também ameaça a sobrevivência dos elefantes.

LIBÉLULA-DOURADA

Libellula angelina

Classe:
Insecta

Ordem:
Odonata

Onde ocorre:
Japão
China
Península da Coreia

DADOS BIOLÓGICOS

- *Número de ovos por postura:* 1000 a 1200
- *Incubação:* 20 dias
- *Comprimento:* 25 a 30 cm

O registro zoológico da libélula-dourada foi publicado em 1883. Na década de 1950, essa libélula foi encontrada em 86 localidades. Na de 2000, apenas em 18. Estima-se que existam menos de 5 mil indivíduos no Japão e, provavelmente, já está extinta na China e na península da Coreia. Todos os anos, tufões levam espécies de outras regiões para o Japão. Algumas delas acabam se adaptando e passam a viver no país como espécies exóticas, como é o caso da libélula-dourada.

A libélula-dourada vive em lagoas rasas e pântanos de água doce, parcialmente cobertos por junco e rodeados por campos com gramíneas. Alimenta-se de outros insetos e de pequenos organismos aquáticos. A metamorfose é simples — a ninfa eclode, passando por mudas até se tornar adulta de fato. A espécie está ameaçada de extinção por causa da destruição do seu hábitat, da construção de tanques artificiais e da introdução de espécies exóticas, como peixes e crustáceos, nos locais onde vive.

Já foram identificadas cerca de 200 espécies de libélulas no Japão, das quais 74 são endêmicas e 34 estão ameaçadas de extinção. A libélula pertence à ordem dos Odonatas — insetos com quatro asas alongadas, ágeis, velozes, com grandes olhos, antenas pequenas, abdome delgado e segmentado, patas adaptadas para segurar presas e peças bucais do tipo mastigadoras (de onde vem o nome da ordem, do grego *odontos* = dente), que são indicadores biológicos ("bioindicadores"), ou seja, organismos que fornecem informações sobre o ambiente onde vivem. A presença de libélulas em um ambiente indica água de boa qualidade e mata ciliar preservada.

CR

RATO-DO-ESPINHEIRO

Melomys rubicola

Classe:
Mammalia

Ordem:
Rodentia

Onde ocorria:
Austrália,
banco de areia no estreito de Torres

DADOS BIOLÓGICOS

- *Comprimento (sem a cauda):* 14 a 16 cm
- *Comprimento da cauda:* 15 a 18 cm

O rato-do-espinheiro era endêmico de Bramble Cay (ou Maizab Kaur), um pequeno banco de areia do tamanho de quatro campos de futebol — com algumas rochas, guano e vegetação rasteira — localizado no estreito de Torres; na ponta norte da grande barreira de recifes de corais; no mar Coral, entre a Austrália e a Papua-Nova Guiné.

Em 1845, o rato-do-espinheiro foi visto pela primeira vez — tinha a cauda manchada como um mosaico. Na década de 1970, existiam centenas deles. Em 1998, apenas 90; e em 2004, 12. Um único espécime foi visto pela última vez em 2009, quando quase toda a vegetação do banco de areia também já tinha desaparecido. Ativo durante a noite, alimentava-se de ervas suculentas e construía tocas para se proteger.

Em 2016, o rato-do-espinheiro foi declarado a primeira espécie de mamífero extinta por causa das mudanças climáticas causadas pelas atividades humanas — aquecimento global com inundações devido à elevação do nível do mar e tempestades frequentes, que podem tanto ter matado os ratos quanto destruído a vegetação do banco de areia.

EX

VOMBATE-DE-NARIZ-PELUDO

Lasiorhinus krefftii

Classe:
Mammalia

Ordem:
Diprotodontia

Onde ocorre:
Austrália

DADOS BIOLÓGICOS

- *Gestação:*
  21 a 22 dias
- *Filhote por gestação:*
  1
- *Peso:*
  25 a 35 kg
- *Comprimento:*
  90 a 110 cm
- *Altura na cernelha:*
  30 a 40 cm

Os vombates, coalas, cangurus, gambás e cuícas são marsupiais — animais cujas fêmeas não possuem placenta e cujos embriões completam seu desenvolvimento dentro do **marsúpio**. Três espécies de vombates são endêmicas da Austrália: vombate-comum, vombate-de-nariz-peludo-do-sul e vombate-de-nariz-peludo-do-norte. A abertura do marsúpio da fêmea de vombate fica para trás, ao contrário da do canguru; assim, ela não acumula terra na bolsa enquanto cava buracos.

O vombate-de-nariz-peludo-do-norte é corpulento e lento e pode viver até 25 anos. Herbívoro, alimenta-se de gramíneas, ervas, brotos, tubérculos, raízes e cascas de árvores. Possui garras e cava tocas com longos túneis. Ativo durante o crepúsculo e à noite, não é visto com frequência. Durante o dia, permanece na toca, mas o cocô deixado por ele no ambiente, com forma cúbica, é facilmente identificável. O filhote nasce na primavera, após um período de 7 a 9 meses dentro do marsúpio, preso a uma teta. Ele permanece de 12 a 15 meses com a mãe, mamando e abrigando-se dentro do marsúpio.

Em 1906, os vombates foram considerados uma praga pelo governo australiano. Entre 1925 e 1965, cerca de 60 mil peles de vombates foram comercializadas. Na década de 1980, existiam apenas 40 vombates-de-nariz-peludo-do-norte. Atualmente, menos de 200 vivem confinados em uma pequena área do Parque Nacional Epping Forest, em Queensland, criado em 1971 para proteger o hábitat da espécie. O desmatamento e iscas com veneno — usadas no controle da população de coelhos silvestres — também ameaçam a sobrevivência dos vombates.

CR

PEIXE-MÃO-MALHADO

Brachionichthys hirsutus

Classe:
Actinopterygii

Ordem:
Lophiiformes

Onde ocorre:
Oceano Índico
Austrália e Tasmânia

DADOS BIOLÓGICOS

- *Número de ovos por postura:* 60 a 250
- *Incubação:* 7 a 8 semanas
- *Comprimento:* 7 a 12 cm

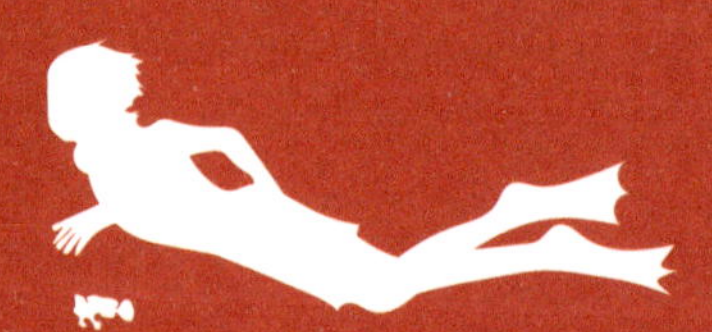

O peixe-mão-malhado tem esse nome por causa de suas nadadeiras — parecem mãos, usadas para se locomover lentamente sobre o leito arenoso do seu hábitat — e da coloração críptica — que o integra ao ambiente, dificultando sua visualização por predadores e presas. Endêmico da Tasmânia, costumava ser encontrado ao redor de toda a ilha na década de 1980. Desde então, a população foi sendo dizimada, e os ictiólogos estimam que existam pouco mais de mil indivíduos adultos distribuídos por nove localidades do estuário do rio Derwent, isoladas umas das outras.

Um tipo de espinho flexível acima da boca do peixe-mão-malhado é usado como se fosse uma isca para atrair presas para sua grande boca — pequenos crustáceos, outros invertebrados vermiformes e larvas de outras espécies de peixes. É solitário, exceto no período reprodutivo, quando a fêmea desova um bololô gelatinoso de ovos sobre pedras ou algas. Os pais protegem os ovos e os filhotes, que, mesmo crescidos, continuam unidos vivendo perto da "casa dos pais" até serem definitivamente expulsos.

Desmatamento, assoreamento e contaminação de rios por metais pesados provocam alterações prejudiciais no hábitat do peixe-mão-malhado. Outra ameaça é a estrela-do-mar-do-pacífico-norte, espécie exótica introduzida na Tasmânia na década de 1990, predadora de crustáceos e das algas sobre as quais os ovos do peixe-mão-malhado são depositados. A Área de Conservação Marinha da Sloping Island é um dos poucos refúgios para a espécie. Em 2017, foi iniciado um programa de reprodução em cativeiro para tentar incrementar a população do peixe-mão-malhado.

CR

MAÇARICO-COLHEREIRO

Calidris pygmaea

Classe:
Aves

Ordem:
Charadriiformes

Onde ocorre:
Ásia
- Extremo Oriente
- Subcontinente indiano
- Sudeste asiático

DADOS BIOLÓGICOS

- *Número de ovos por postura:* 2 a 4
- *Incubação:* 19 a 23 dias
- *Peso:* 30 a 40 g
- *Comprimento:* 14 a 16 cm
- *Envergadura:* 36 a 38 cm

O maçarico-colhereiro (do grego *kalidris skalidris* = pássaro da orla) é uma ave limícola — que vive na lama ou nos charcos — cujo bico tem aparência de colher. Alimenta-se de forragem, movimentando-se sobre o lamaçal, usando o bico para sondar e bicar insetos e pequenos crustáceos. Passa o verão em penínsulas da região costeira do nordeste da Rússia, nunca se distanciando mais que 7 km da costa. Também é fiel ao local de **nidificação** — onde faz seu ninho —, reproduzindo-se todos os anos no mesmo local. No inverno, a espécie migra por 8 000 km ao longo da costa do Pacífico, buscando lodaçais de areia principalmente em estuários de rios na China, no Vietnã, na Tailândia, na Malásia, em Mianmar e em Bangladesh.

Os pares de maçaricos-colhereiros se encontram e acasalam em junho. São exigentes ao escolher o local para construir o ninho — lagunas com vegetação baixa. Os filhotes eclodem entre o início de julho e o início de agosto, já com o bico em forma de colher. Depois dos nascimentos, a família se muda para uma nova área, onde permanece cerca de duas semanas até que os filhotes consigam voar. No final de agosto, migra para as áreas de invernada.

A espécie está categorizada como "criticamente em perigo" desde 2008. Existem cerca de 500 maçaricos-colhereiros, sendo menos de 200 os casais em reprodução. A população não tem aumentado nos últimos anos e está ameaçada pela ocupação de seu hábitat — nas áreas de reprodução, de passagem e de invernada — por indústrias, agricultura, aquicultura, infraestrutura para o lazer, poluição, caça e predação de ninhos por cães domésticos.

CR

GLOSSÁRIO

ARMADILHA FOTOGRÁFICA, OU CÂMERA TRAP: câmera fotográfica ou filmadora ativada à distância, usada para registrar animais na natureza. Quando o animal atravessa na frente da lente, mesmo à noite, um sensor de movimento faz a câmera disparar.

BIODIVERSIDADE: riqueza natural representada pela diversidade de seres vivos e de ecossistemas, bem como pela raridade de alguns deles. É a variedade de plantas, bichos e micróbios que existe em algum lugar, além dos ambientes onde vivem esses seres vivos.

BIOMA: conjunto de seres vivos — plantas, animais, micróbios — espalhados por uma grande área, com clima, vegetação e diversidade biológica próprios.

COLÔNIA: grupo de espécimes de uma mesma espécie que vivem agrupados em um mesmo local.

CORREDOR ECOLÓGICO: faixa de vegetação natural ou plantada pelo ser humano que funciona como "trampolim", fazendo a ligação entre áreas protegidas ou grandes fragmentos com vegetação nativa preservada, possibilitando a movimentação dos animais entre eles.

DESMATAMENTO: corte de árvores da floresta para uso e comercialização da madeira, ou para uso da terra na agricultura, criação de gado, expansão das cidades ou instalação de alguma grande obra de engenharia. As árvores cortadas são transformadas em tábuas de madeira ou viram carvão vegetal. O desmatamento mata ou expulsa os animais que vivem nas árvores e entre elas. O desmatamento é permitido quando uma autoridade da administração pública o considera necessário, e ilegal quando destrói a floresta de forma não planejada, sem autorização. Consequência do desmatamento, a fragmentação florestal resulta na formação de pequenas florestas ou de pequenas áreas de vegetação natural separadas umas das outras como ilhas no oceano, causando o isolamento de populações de plantas e animais que não conseguem atravessar as áreas desflorestadas.

DIAPAUSA: período relacionado às estações do ano, no qual o crescimento, a diferenciação e metamorfose dos insetos cessam ou diminuem, ficando eles em dormência.

DISTRIBUIÇÃO GEOGRÁFICA (HISTÓRICA OU RECENTE): extensão de terra, de um rio, região dos mares ou oceanos onde uma espécie ocorreu no passado ou ocorre no presente.

DRENAGEM: escoamento da água de terreno alagado ou muito úmido por meio de tubos, valas, fossos ou outros aparelhos instalados na superfície ou em camadas subterrâneas do solo.

ENDÊMICO: quando uma espécie só ocorre naturalmente em uma área ou região restrita, ela é chamada de endêmica e o seu risco de extinção é maior. O endemismo pode se referir a uma área relativamente pequena — como uma ilha, um rio, um trecho de montanha ou de floresta — ou a uma área grande — como um bioma, um estado, um país ou um continente.

ESPÉCIE EXÓTICA: espécie que não existia naturalmente em uma região, tendo sido nela introduzida por acidente ou de propósito pelo ser humano. Quando ela compete com espécies nativas, ocupando seus territórios e abrigos, consumindo os seus recursos e, por tudo isso, ameaça o equilíbrio da natureza, é chamada de espécie exótica invasora.

ESPINHEL: aparelho de pesca que utiliza um cabo com anzóis e iscas — como lulas e sardinhas —, com até 50 km de comprimento, para fisgar peixes grandes, como atuns, espadartes e tubarões.

ESTEPE: vegetação adaptada ao clima seco.

ESTUÁRIO: tipo de foz em que um rio se alarga e recebe águas do mar na maré-alta.

FERAL: animal doméstico abandonado que adota comportamento de animal selvagem para sobreviver.

HÁBITAT: o lugar de habitação natural de uma espécie, com características próprias favoráveis à vida dessa espécie.

HIBRIDAÇÃO: cruzamento de indivíduos de espécies diferentes.

MARSÚPIO: bolsa formada por uma dobra da pele da barriga das fêmeas dos marsupiais, dentro da qual estão as mamas. Os filhotes de marsupiais nascem prematuros e migram, sustentando-se nos pelos da mãe, para dentro do marsúpio, onde completam o seu desenvolvimento agarrados a uma das mamas.

MATURIDADE SEXUAL: idade ou fase da vida em que um organismo é capaz de se reproduzir.

NIDIFICAÇÃO: ação de nidificar, formar ou construir ninho.

NINFA: estágio imaturo de um inseto após a eclosão, sem passar pelo estágio de pupa durante a metamorfose simples.

OVÍPARO: animal que põe ovos que eclodem fora do corpo materno.

OVÓCITO OU OÓCITO: cada uma das células que dão origem ao óvulo.

PLACENTÁRIO: animal mamífero cujo filhote se desenvolve dentro do corpo da fêmea, envolvido pela placenta — tecido que obtém nutrientes do útero materno.

POLINIZAÇÃO: transporte ou transferência do pólen em uma mesma flor ou de uma flor para outra flor em plantas da mesma espécie, a fim de fertilizar as sementes. A polinização ocorre com a ajuda do vento, da água, dos insetos, dos morcegos ou dos pássaros, sem a interferência humana.

REINTRODUÇÃO: soltura de espécimes nascidos em cativeiro dentro dos limites da distribuição geográfica original — área de sua ocorrência natural e histórica — onde essa espécie não existe mais ou está em declínio. O principal objetivo da reintrodução é criar uma nova população no hábitat original.

REMANSO: trecho mais largo de rio onde, por ausência de correnteza, a água fica quase parada.

SOBRE-EXPLOTAÇÃO: pesca predatória ou excessiva, isto é, não sustentável, com o objetivo de extrair proveito econômico das espécies marinhas, reduzindo rapidamente a população dessas espécies e a capacidade delas de se reproduzirem e de serem pescadas no futuro.

SOBRE O AUTOR

Otávio Maia nasceu em Belo Horizonte, em 1969, ano em que o primeiro astronauta pisou na Lua. É bacharel e mestre em Medicina Veterinária pela Universidade Federal de Minas Gerais e doutorando em Desenvolvimento Sustentável pela Universidade de Brasília. É autor dos livros *Vocabulário Ambiental Infantojuvenil* (2013), *Livro Vermelho das Crianças* (2015) e *Vox: arte, cultura e ciência no Brasil* (2017). Vive em Brasília, perto do Lago Paranoá, na companhia de quatro cães, sete gatos e muitas plantas.

SOBRE O ILUSTRADOR

Biry Sarkis é do sul de Minas Gerais e aprendeu a desenhar desenhando — na verdade, ainda está aprendendo, e este livro foi mais uma aula.

Já criou desenhos para revistas infantis, livros didáticos, e muitas histórias.

Gosta muito de bichos e de desenhá-los também. Aliás, um de seus primeiros desenhos foi um cachorro, mas hoje em dia prefere os bichos menos fofos. Por isso, teve grande prazer em ilustrar este livro — só não foi mais divertido pelo motivo que os trouxe até aqui...

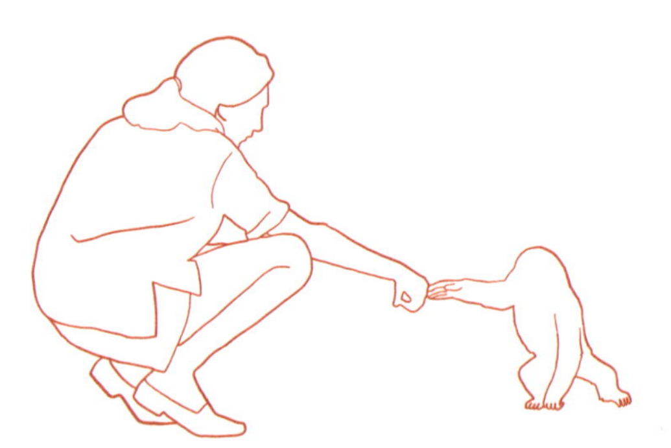

A Jane Goodall, amiga
dos chimpanzés de Gombe